AF459760

PLINE LE JEUNE

ET

QUINTILIEN

OU

L'ÉLOQUENCE SOUS LES EMPEREURS.

Extrait de *la Revue Nouvelle.*

IMPRIMÉ PAR PLON FRÈRES, 36, RUE DE VAUGIRARD.

PLINE LE JEUNE

ET

QUINTILIEN

OU

L'ÉLOQUENCE SOUS LES EMPEREURS

PAR

M. JULES JANIN.

« Le grand tort des critiques, c'est qu'ils ne parlent
« guère que des livres nouveaux, comme si la vérité
« était jamais nouvelle ! »

MONTESQUIEU.

PARIS.

LIBRAIRIE D'AMYOT, ÉDITEUR,

6, RUE DE LA PAIX.

1846

PLINE LE JEUNE

ET

QUINTILIEN.

On peut dire des Romains ce que tout homme d'honneur doit penser tout haut de sa patrie, qu'il faut aimer sa patrie, ne fût-ce que par orgueil. Les Romains nous ont tout appris, les lois, la politique, l'éloquence, la philosophie, la poésie, tous les arts de la paix, tous les arts de la guerre; ils se sont appelés, tout comme les Grecs, leurs prédécesseurs, *catholiques,* c'est-à-dire universels; à côté de tous les exemples, ils ont placé tous les préceptes, et depuis tantôt dix-huit cents ans qu'ils ont régné, ils sont restés les maîtres du monde; retranchés dans le sanctuaire auguste de leur sagesse, ils dictent encore leurs lois éternelles à qui les veut interroger avec zèle, avec confiance, avec respect. Rome, c'est notre *confédérée*, c'est le rendez-vous immense des idées, des espérances, des souvenirs. Nous savions son histoire avant de savoir l'histoire de la France; le nom de ses consuls, avant de savoir même le nom de ses rois; le *Capitole* nous est apparu, bien plus grand que le Louvre, le Tibre bien plus fier que la Seine. A cette heure encore, Rome juste, libre et souveraine nous tient dans une admiration voisine de l'extase. Quelle nation de géants! quelle prudence! quel génie et surtout quelle langue mieux faite pour dompter les superbes, pour encourager les timides, pour commander à l'univers? Vainqueurs de la Grèce, ils sont parvenus à la vaincre, même dans ce grand art de bien parler et de bien écrire, cet art qui était, à leurs yeux, la vertu suprême, à ce point qu'ils ont défini l'orateur parfait : un *dieu revêtu d'un corps mortel.* S'ils n'ont pas atteint, malgré tant d'efforts, à l'exquise délicatesse des Grecs, ils ont remplacé la grâce par la force, la légèreté par le bon sens, l'élégance par une abondance toute virile. Pendant que l'esquif athénien ose à peine confier sa voile au zéphyr qui vient du rivage, Rome pousse sa proue d'airain dans la haute mer; si les Grecs ont l'atticisme, les Romains, citoyens de la grande cité du monde, ont découvert l'*urbanité;* si la marchande d'herbes appelle Théophraste un *étranger,* l'homme consulaire retrouve dans les plus belles pages de Tite-Live, comme un goût du terroir padouan; à cette œuvre de la langue romaine, tout comme à la grandeur de la république, ont travaillé tous les peuples intelligents; eux-mêmes les soldats d'Annibal et les Gaulois de Brennus ils avaient laissé, en passant sur cette terre qui fut un instant leur conquête, comme l'empreinte de leur force et de leur génie; en traversant cet univers, leur domaine, les Romains adoptaient tous les mots qui étaient à leur convenance, comme ils adoptaient tous les dieux des peuples vaincus; ils avaient fait de la *grammaire,* cette science si méprisée chez nous, et que nous abandonnons aux enfants, le délassement de la vieillesse, le charme tout-puissant de la retraite [1] :

« La plus sincère des sciences, disaient-ils, car, entre toutes les

[1] Jucunda senibus, dulcis secretorum comes. — *De l'Institution oratoire,* liv. I, ch. IV.

sciences, elle a plus de fond que d'apparence. » Quoi d'étonnant, après tout, n'est-ce pas la grammaire qui nous enseigne, tout d'abord, les trois grandes qualités du discours : la *correction*, la *clarté*, l'*ornement*, et pour mieux dire : l'éloquence, *la plus excellente des vertus*[1] ?

Parmi toutes les biographies célèbres qui ont illustré les derniers efforts de l'éloquence et de la liberté de Rome, il m'a semblé qu'il était juste et utile d'écrire la vie de Pline le Jeune. Son esprit, ses rares talents, ses vertus, son courage, sa violente passion pour tout ce qui était la renommée et la gloire ont brillé d'un éclat d'autant plus vif, dans ces époques de servitude, que jamais les Romains n'avaient été sur le point d'oublier davantage les beaux arts, la philosophie, la liberté, leurs droits, leurs coutumes et leurs devoirs. Comme il s'était préparé, de bonne heure, aux arts et aux sciences de la liberté sans redouter les incroyables dangers que cette science, toute romaine, amenait avec elle, il ne fut pas pris à l'improviste lorsque cette résurrection du génie de Rome, grâce à Trajan, ne trouva plus, pour la servir, que des novices ou des esprits impatients de la liberté, par la même raison qui les avait faits patients dans la servitude. Ainsi sa fidélité même aux anciennes institutions, le rendit cher à un empereur qui, lui aussi, de son côté, avait appris à obéir afin de mieux savoir commander; parce que notre Pline s'était tenu debout sur le seuil du sénat, il eut l'honneur de voir les portes de cette assemblée auguste s'ouvrir devant lui ; parce qu'il avait suivi de près les grands modèles d'autrefois, il eut la joie d'être compté parmi les guides d'une société débarrassée, pour un instant, des délateurs et des bourreaux, ces gardes du corps de la tyrannie; soldat, il avait été honoré par les soldats de ces tristes armées, où la vertu passait pour suspecte; avocat, il avait osé parler, librement, dans le silence de Domitien empereur; juge, il avait obéi à sa conscience sur ce tribunal qui était une embûche à l'innocent, un rempart au coupa-

[1] *Est etenim eloquentia unaquædam de summis virtutibus.* — Cicéron, *de Oratore.*

ble; aussi bien, pendant que les plus honnêtes gens de son temps se contentaient de solliciter le pardon et l'indulgence, il allait tête levée, précédé et suivi de ce noble orgueil de l'honnête homme qui ne mérite que des louanges et des respects. Plus les temps de sa jeunesse avaient été cruels, et plus il mettait à profit le bonheur inespéré de ce règne qu'il a célébré si dignement dans son juste et admirable Panégyrique, et quand il entendait dire autour de lui que le règne de Trajan serait court : « Raison de plus, se disait-il, pour livrer notre voile à ces vents favorables, et pour nous hâter de mériter la proscription des tyrans à venir. » — Pour tout vous dire, ce Pline le Jeune, qu'on ne peut trop honorer et trop aimer, fut tout à la fois le meilleur ami de Tacite, et le meilleur disciple de Quintilien.

Rappelez-vous cependant l'état de la littérature romaine sous Domitien; déjà, à cette heure cruelle, tout semblait perdu pour les esprits, pour les consciences, pour les fortunes, pour les libertés. Le siècle d'Auguste s'était perdu dans les nuages sanglants du despotisme. Lucrèce, Virgile, Horace, avaient, disait-on, emporté dans le tombeau la grande poésie romaine; on se taisait, et si quelque colère osait parler encore, elle parlait à voix basse, murmurant les imprécations et les haines secrètes que les tyrans léguaient à l'avenir. La philosophie n'était plus qu'une proscription, une lâcheté ou un mensonge; l'éloquence était une déclamation, un sophisme, un jeu puéril; cendre éteinte d'un grand feu qui avait donné des étincelles éternelles. Ce magnifique exercice des plus grandes et des plus rares qualités de l'âme humaine, l'éoquence n'a pas d'autre foyer, n'était plus guère qu'une invention misérable, destinée à seconder les crimes, à opprimer l'innocence, à outrager la vérité; l'arme salutaire qui guérissait autrefois, même les blessures qu'elle avait faites, n'était plus qu'un stylet, armé de poison, entre les mains des tyrans et des voleurs; c'était à se couvrir la face d'indignation et de honte. Rien de vrai, rien de sacré n'était resté dans l'exercice de ce grand art, et les jeunes Romains prenaient tout au plus un maître d'éloquence, comme ils prenaient un maître à danser. Où êtes-vous, Hortensius, Cicéron, Messala, Agrippa,

Pollion, *épées de feu*, et vous, les vieux sages renommés par la toute-puissance de votre parole et de vos vertus, Lélius, Scipion l'*Africain*, Caton l'*ancien?* On chercherait en vain dans ces époques funestes, la turbulence des Gracques, l'énergie de César, la gravité de Brutus, l'abondance même de Sénèque. L'éloquence, cette *parole qui court*, comme dit saint Paul, avait remplacé, par un tambourin et des grelots, ses armes massives, et quoi d'étonnant? Comme elle n'avait plus la victoire devant les yeux, elle ne savait plus, ni porter des coups, ni se défendre. C'était maintenant un art tout en surface et sans profondeur, et privé de cette force intérieure, qui en est le génie; éloquence d'imitation, de plagiat : l'élévation remplacée par l'enflure, la concision par la maigreur, l'audace par la timidité, la richesse par un luxe menteur, l'harmonie par le désordre, la simplicité par la négligence. Eh! je vous prie, le moyen d'être un *honnête homme qui sait et ose parler*, dans cette société écrasée par toutes les corruptions du luxe et des mœurs, sous le règne affreux de Tibère, de Caligula, de Claude, de Néron, où c'est à peine si la victime osait se plaindre et gémir, où les misérables s'écriaient en marchant à la mort : *Ceux-là qui vont mourir te saluent, ô César!* Nul n'osait plus parler dans ce forum qui avait été le rendez-vous de toutes les libertés de l'univers; l'éloquence, qui vit surtout de franchise et de courage, avait pris, peu à peu, la teinte sombre de ces règnes sanglants qui avaient changé en oppression la douceur romaine, et le courage en lâcheté; l'éloquence, c'est-à-dire la lumière! s'était entourée d'obscurités, de réticences, d'hésitations, d'énigmes. — Regardez les plus braves écrivains de ce temps-là, ils parlent du fond d'un nuage. — Perse s'enveloppe dans une ombre presque impénétrable; Tacite, les deux mains sur ses lèvres pleines de fiel, se cache au fond de l'abîme qu'il s'est creusé, pendant que l'arbitre de toutes les élégances à la cour de l'abominable empereur Néron, ce voluptueux, ce railleur, ce facile et hardi Pétrone, dans le plus vif éclat de cette verve railleuse qui devait enfanter, à seize cents ans de distance, la *satire Ménippée*, appelle à son aide, lui qui n'avait rien à craindre, lui qui parlait la veine ouverte et baigné dans son sang, toutes sortes d'images et de métaphores dont il pouvait si bien se passer. — Par ces précautions inutiles Pétrone a perdu une partie de l'honneur qui lui revenait d'avoir osé traîner dans les fanges amères du ridicule cet abominable Néron.

Voilà donc où en était la littérature latine lorsque vint au monde, sur les bords heureux du lac de Côme, Pline le Jeune, cet enfant ingénieux, ce bel esprit qui devait, pour ainsi dire, fermer de sa main vertueuse, le cercle impérissable, le cercle d'or et d'airain, dans lequel est contenue l'éloquence romaine. Encore aujourd'hui, ce lac de Côme est le rêve des poëtes, des artistes, des âmes épuisées par toutes les grandes passions; c'est là encore que se construisent les plus beaux châteaux des Espagnes imaginaires, tant cette belle partie de l'Italie est restée, la *ville délicieuse*, chère au printemps, aimée des beaux ombrages, Côme aux belles eaux. Toute sa vie, Pline s'est rappelé ces beaux platanes, ces beaux lieux où il s'amusait à aimer, à cultiver la vie, la beauté, la santé, la gloire, où il venait se délasser de ces jours pleins d'affaires et sans repos, qui se précipitent, plus rapides que les coureurs du stade, ce canal bordé d'une fraîche verdure, et qui se plie et se replie en tant de façons différentes; la maison paternelle était située dans le faubourg, on y arrivait par une longue avenue dont le terrain était ferme sans être rude; on avait son appartement de jour et son appartement de nuit; le bain à toute heure, le repos et l'étude quand on veut. La mère de Pline possédait un assez grand bien dans un bourg appelé Tiferne, et les habitants de ce hameau eurent très-vite adopté le jeune homme qu'ils avaient vu naître et qui s'était habitué, de si bonne heure, à lire dans leurs yeux bienveillants. A peine il sortait de l'adolescence, qu'ils en firent leur avocat, dans toutes leurs causes; à son tour, quand Pline fut devenu *un* consul, il fit élever un temple, dans ce village qui l'avait adopté. — Ces beaux lieux sont remplis de curiosités merveilleuses. Admirez, par exemple, cette fontaine qui mérite d'être plus célèbre que Blandusie, chantée par Horace. La fontaine de Pline prend sa source au bas de la montagne, elle fait entendre son frais murmure dans une salle à manger que décorent quelques belles statues, et enfin elle se perd, en chantant, dans le lac de Côme. Ce flot enchanteur, c'est une chose étrange, a son flux et son reflux comme la mer, et trois fois chaque jour l'eau s'enfle, monte, descend, disparaît pour reparaître, une heure après, régulière seulement dans son caprice. — Le lac est rempli d'histoires : Un jour, comme il se promenait en bateau, avec son père, son père fit remarquer à l'enfant une jolie maison qui s'avançait dans le lac.. — De cette fenêtre ornée de pampre, de ce balcon aérien en marbre doré, il n'y avait pas longtemps qu'une jeune femme s'était précipitée dans ces ondes, pour apprendre à son mari comment il fallait mourir. Son mari souffrait d'un mal incurable : « Voilà, lui dit-elle, qui va vous guérir! » et le prenant par le corps elle l'entraîne avec elle. — Mais pourquoi donc, se disait Pline dans son petit entendement, cette femme morte dans ces eaux profondes, n'est-elle pas aussi célèbre qu'Aria la femme de Pétus?

Il possédait aussi une terre dans la Toscane; non pas vers le canton qui s'étend le long de la mer, mais l'autre côté, un peu au-dessous de l'Apennin : l'air qui souffle de l'Apennin est le plus pur de toutes les montagnes de l'Italie; sur ces calmes hauteurs on aurait pu transplanter ces sages de l'Attique dont la vie se passait à méditer entre le thym et le serpolet de l'Hymette. En Toscane l'hiver est sec et froid, sans être dur : ce qui gêne quelque peu les oliviers et les myrtes; cependant le laurier y prospère, et il y croît mieux qu'à Rome. Le printemps toscan est un enchantement, l'été est une fête, les vents respirent plus qu'ils ne soufflent. A chaque instant de ces journées charmantes, on dirait d'une température nouvelle; à minuit, si vous vous réveillez au chant du coq, vous sentez la douceur d'une nuit de Laurente; au matin, c'est la fraîcheur de Lanuvium; avant midi le soleil s'échauffe comme à Tusculum, mais quand le soleil se plonge dans le vaste Océan vous respirez les vents tièdes et calmes de Tibur. On ne meurt pas sur ces bords heureux; le trisaïeul conduit, en riant, l'enfant du fils de son fils; vieilles gens, vieilles anecdotes; sous ces frais ombrages d'une jeunesse éternelle, où les bains, la paume, les jeux paisibles, sont de grandes occupations, c'est une surprise charmante de rencontrer les siècles passés qui se promènent en cheveux blancs. Figurez-vous, au pied même de la montagne chargée de vieux chênes, un immense amphithéâtre, au pied de cet amphithéâtre s'étend une plaine immense, voilà cette terre! La vue se perd dans une suite de montagnes vivement éclairées du soleil; de chaque pente verdoyante, à travers les collines doucement ombragées, descendent des vergers, des pâturages, des vignes, des terres labourables, et si fortes, qu'à peine les meilleures charrues suffisent à tracer le sillon! Les prés sont émaillés de fleurs, les taillis sont pleins de gibier, les étangs de poissons, les buissons d'oiseaux chanteurs. Dans ces beaux lieux, où chaque roche couvre une source d'eau vive, on ne trouve pas un seul marécage, tant la pente est douce qui entraîne au fleuve les eaux inutiles. Mais c'est surtout de son village natal que Pline se souvient avec amour: « Est-» ce l'étude, est-ce la pêche, est-ce la chasse, ou toutes ces joies à la » fois qui vous occupent, car tous ces plaisirs on les rencontre dans » notre maison du lac de Côme? Le lac fournit le poisson, les » bois vous donnent les daims et les cerfs, pendant que l'admi-» rable tranquillité de ce beau lieu invite l'esprit à l'étude; inno-» cents loisirs après lesquels je soupire, comme le malade après » le vin frais, après le bain tiède, après les eaux salutaires... » Mais quoi! la chaîne de mes travaux ne fait que s'allonger et » s'appesantir[1]! »

Dans toutes ses lettres, dans toutes ses pensées, le cher village revient toujours; là il est né, là il veut vivre, là aussi il veut mourir. Il connaît tous les arbres, l'honneur de ces frais paysages: les cèdres, les hêtres, les aulnes, les lauriers et les myrtes; devenu riche et puissant, il ne se contente pas de la maison paternelle, il en veut avoir plusieurs sur ces rivages chéris du ciel. Entre autres palais de campagne, il s'est bâti deux maisons de plaisance, à peu de distance l'une de l'autre. L'une, sur la montagne, a chaussé le cothurne, il l'appelle: la *Tragédie;* l'autre, moins

[1] Livre II, lettre VIII, à Catinius.

élevée, habitation de la plaine, s'appelle la *Comédie*. Chacune de ces habitations a son agrément, et leur diversité même en augmente la beauté, pourvu cependant qu'on les possède toutes les deux à la fois. La *Comédie* touche au lac, la *Tragédie* le domine : ici vous pouvez méditer dans une ligne droite qui borde le rivage, c'est le jardin français ; mais là-haut, mille surprises, c'est le jardin anglais. Du haut de la *Tragédie* vous voyez les pêcheurs, au matin, louvoyer sous leurs voiles blanchissantes, le *suave mari magno* de Lucrèce; mais en revanche la *Tragédie* met à votre portée ces belles anguilles, et de votre lit vous pouvez jeter le hameçon ! Quant à la description intérieure de ces deux édifices, dignes de la plus belle époque de l'art, vous pouvez en juger par le dénombrement de sa maison de Toscane située au pied même de l'Apennin. Il y a de quoi sourire à la seule idée d'un bien-être si frais, si calme, si riant, si admirablement complet. La maison des Apennins est exposée au midi, elle semble inviter le soleil, soit que le soleil se montre, en été, vers le milieu du jour, soit, en hiver, un peu plus tard. Une galerie spacieuse entoure de toutes parts cette habitation royale. Un gazon toujours vert, tapis fleuri de ces bois fantastiques taillés à la façon du Versailles de Lenôtre et de Louis XIV, est couvert de vieux arbres impénétrables au soleil; du côté opposé, une vaste prairie, dont toutes les beautés sont naturelles, borne cet heureux héritage d'une fraîche clôture de ruisseaux et de fleurs. Une première salle à manger prend jour sur cette prairie et sur les parterres remplis de l'utile et de l'agréable : le figuier pompéien, la rose de Tarente, le légume d'Aricium. Vers le milieu de la galerie, sur une cour ombragée de platanes, et rafraîchie par un jet d'eau qui ne se tait jamais, se trouve la chambre à coucher : réduit silencieux, retraite cachée où l'eau seule se fait entendre. Le cabinet de travail n'est pas loin, il est revêtu de marbre, et les murailles splendides sont ornées d'oiseaux, de fleurs, de feuillages, à la façon des murailles de Pompei et d'Herculanum. Vous passez, de là, dans un vaste salon qui prend jour, d'un côté, sur le parterre, et, de l'autre côté, sur la prairie ; une pièce d'eau claire, au bord du gazon, reflète ces exquises merveilles dans son miroir d'argent et de soleil. En hiver, un calorifère, caché dans les murs, remplace la chaleur absente; le bain est tout auprès : ici le bain froid, là le bain tiède; trois escaliers de marbre vous conduisent dans cette piscine salutaire, exposée aux feux du jour. — Un de ces escaliers est à l'ombre. — Après le bain vous trouvez le jeu de paume, et enfin le manége, qui donne sur les treilles où pendent encore quelques survivants de la dernière vendange. Ce n'est pas tout, une galerie souterraine vous abrite, en plein midi, contre l'ardente canicule. Une galerie ouverte, fraîche avant midi, plus chaude à mesure que marche le jour, vous conduit encore à deux appartements, si bien disposés que, de chambre en chambre, vous pouvez chercher ou éviter le soleil. — L'allée qui est au-devant du manége représente un fer à cheval; un vieux lierre réunit, par un lien toujours vert, une longue suite de vieux platanes, et forme ainsi une muraille naturelle, entremêlée de pommiers et d'acanthe flexible. — Sous une treille que portent légèrement quatre colonnes en marbre de Caristie, se trouve un lit en marbre blanc; une source d'eau vive, qui s'échappe à gros bouillons de ce lit de repos, semble vous inviter au sommeil. Bientôt cette onde pure se perd doucement entre mille canaux inaperçus, non pas sans remplir une vasque de bronze qui conserve toujours le même niveau. — Un labyrinthe d'arbres verts est à la suite du jardin, un pavillon en marbre fait face au lit en marbre, la vigne, de sa gracieuse étreinte, entoure cette blanche colonnade. Comptez ensuite les meubles, les tableaux, les livres, les statues, les esclaves, les chevaux, l'argenterie, rappelez-vous qu'outre ces trois ou quatre maisons du lac de Côme et cette maison de l'Apennin, Pline possédait encore un pavillon à Tusculum en souvenir de Cicéron, une maison à Tibur et à Préneste en souvenir du poète Horace; rappelez-vous que cet homme ne passait pas pour un homme riche, et que tout au plus se trouvait-il dans l'aisance, et vous aurez une idée à peu près vraie de ce que pouvait être l'existence d'un gentilhomme romain.

L'enfance de Pline, loin des terreurs et des crimes des bandits qui tenaient l'empire, fut calme et heureuse, si l'on en juge par une certaine anecdote qui respire au plus haut degré l'enthousiasme et la reconnaissance d'une âme bien née, pour les joies et pour les études de son enfance. « J'étais à Côme ces jours passés [1]; » un jeune enfant, fils d'un compatriote, vint me saluer. — Vous » étudiez? lui dis-je; il me répond, qu'en effet, il a commencé » ses études. — En quel lieu? — A Milan! — A Milan! et pourquoi » pas à Côme, votre pays natal? — Le père, qui était là : — Nous » n'avons point de maîtres ici, m'a-t-il dit. — Et pourquoi donc » n'avez-vous pas un maître, je vous prie; il me semble pourtant » qu'à vous autres, pères de famille, il y va de votre intérêt le plus » cher. Où trouverez-vous un séjour plus favorable que la patrie, » pour ces chers enfants? En quel lieu se formeront-ils aux bonnes » mœurs, mieux que sous les yeux attentifs de leur famille? Où » donc les entretenir à moins de frais que chez vous? Vous dé- » pensez pour l'aller, pour le retour, pour le logement, pour la » surveillance, pour l'habillement, pour la nourriture! De loin » on est obligé d'acheter tant de choses, que l'on n'achète pas chez » soi! Croyez-moi, prenez un précepteur, à Côme même, vous y » gagnerez tous; pour moi, et en faveur de cette chère patrie que » j'aime à la fois comme un père et comme un fils, je suis prêt » à fournir mon contingent aux honoraires de ce précepteur qui » vous manque : croyez bien même que si je ne prends pas tous » les frais à ma charge, c'est moins par économie, que par pru- » dence; car c'est votre devoir de pères de famille de choisir les » maîtres de vos enfants, et votre choix sera d'autant plus sincère » et intelligent que votre contribution sera plus sérieuse. Allons! » faites cela, et la patrie vous en saura gré; vous aurez des en- » fants meilleurs et mieux portants : accoutumez-les, par votre » exemple, à se plaire et à se fixer dans leur pays natal! » Ceci dit, cet homme illustre établit une école dans la ville de Côme et il se met à chercher, aidé de Tacite, des maîtres dignes de la confiance des pères et de l'obéissance des enfants.

[1] A Tacite, liv. IV, lettre III.

Cependant, quand il eut passé l'âge du lait et du berceau et des premiers vagissements, quand il eut mis à profit, non-seulement le *petit gain que l'on peut faire jusqu'à sept ans*, mais les premières études, de dix à douze ans, on comprit qu'il était temps d'adresser cet adolescent de tant d'espérances au plus grand maître qui ait jamais donné ses soins à la jeunesse romaine. Notre écolier s'en vint donc à Rome pour se former à la sévère discipline des belles-lettres que venait de remettre en honneur Quintilien, cet homme qui n'a pas eu son égal au monde dans l'art d'enseigner, d'honorer et de faire aimer les belles-lettres. A cette école savante, que protégea l'empereur Vespasien, que Domitien lui-même se vit forcé de respecter, à ce point que Domitien lui-même y envoya les princes ses fils, Quintilien attirait les plus beaux esprits de ce vaste empire, qui se mourait faute de doctrines. Ce maître avait commencé par conquérir une grande célébrité dans le forum; mais bientôt, par un de ces sentiments de l'âme[1] irrésistibles, plutôt que pour se reposer dans une œuvre moins laborieuse, il comprit que sa vocation véritable c'était l'enseignement. Quelle tâche plus grande à la fois, et plus utile? Quels services plus magnifiques se pouvaient rendre à cette patrie de Cicéron, de Jules César, de Mécène, de Messala, de Pollion, de Domitius Afer, d'Hortensius? Quel plus noble travail que de choisir les meilleurs sentiers, les plus beaux préceptes, et de conduire, pour ainsi dire par la main, tant de jeunes âmes dans le droit chemin qui mène au talent et à la vertu? O justes dieux! la belle joie en effet de parler à ces esprits attentifs, des plus saintes croyances, des plus illustres exemples, des plus magnifiques idées : la patrie, la vertu, la liberté, la Providence, le mépris du vulgaire, la force contre les passions, l'amour de la gloire? ô justes dieux! et n'avoir à chercher ses modèles que dans l'histoire de la patrie romaine, se servir des vieux Romains, fertiles en exemples, pour enseigner à leurs petits-fils, à conserver la justice, la bonne foi, la continence, la frugalité, le mépris de la douleur et de la

[1] *Motu animi quodam.* — *De l'Institution oratoire*, liv. VI, ch. III.

mort! Sources sacrées, sources fécondes, où le maître va puiser l'amour de la justice, la force de l'avocat, l'indépendance du sénateur, tâche auguste qui s'occupe moins du temps présent, que de la gloire et de la reconnaissance de l'avenir!

Dans aucune nation, même parmi les nations chrétiennes, on ne saurait rien trouver de plus grand que l'enseignement de Quintilien; jamais éloquence plus saine n'a été mise au service d'une plus sincère vertu. « Avant tout, disait ce maître, si vous voulez être l'orateur par excellence, l'orateur que cherchait Cicéron lui-même, soyez un honnête homme, car toute l'éloquence est dans l'honnêteté. » Ainsi, d'un bout à l'autre, l'art oratoire est un traité du vice et un traité de la vertu. Est-ce juste, est-ce injuste? voilà toute la question, et à cette question comment répondre dignement si l'on n'a pas fait de la justice et de la vertu la substance impérissable de son âme et de son cœur? L'orateur de Quintilien était l'homme par excellence. Or, cet homme, cet *oiseau du ciel*, disait saint Augustin, ne se peut rencontrer que dans l'union intime de ce qui est vrai, de ce qui est beau. Aux dieux ne plaise qu'un méchant homme soit éloquent! car si l'éloquence c'est l'intelligence à son plus haut degré, comment donc pouvez-vous admettre qu'un homme intelligent, qu'une créature raisonnable se mette à choisir le vice, quand la vertu lui fait tant de chastes avances? Donc qui dit un *méchant* dit un *insensé;* il n'y a d'ailleurs qu'une âme libre d'ambition, de cupidité, de haine, de toutes les passions mauvaises, libre aussi de remords, l'âme vaillante et frugale, qui puisse suffire aux plus hautes volontés, je veux dire aux plus dificiles devoirs de l'éloquence. Eh! quand bien même se rencontrerait ce prodige.... ce monstre en morale, un malhonnête homme éloquent, donnera-t-on ce nom sacré d'orateur à un traître, à un transfuge, à un marchand de paroles qui étale sa marchandise, comme les bouchers étalent leurs viandes au marché?

Quant à la nécessité d'enseigner l'éloquence, ceux qui prétendent que l'on vient au monde orateur, et sans qu'il soit besoin d'aller aux écoles, ceux-là feraient bien d'ajouter qu'ils ont eu grand tort de quitter leurs cabanes pour de belles maisons, de tailler leurs vignes sauvages, de défricher leurs champs incultes. Au contraire, l'art oratoire exige les soins, le zèle et l'attention de toute la vie : *Magnus est labor dicendi, magna res est ;* la rhétorique est mieux qu'un art, c'est une vertu. — Instruire, toucher et plaire, quoi de plus difficile? — « Il faut avoir tout vu, tout pénétré et tout embrassé, pour savoir la place précise de chaque mot, » dit Fénelon. « Prendre soin de la forme, c'est prendre souci de l'idée, » disait Quintilien ; la forme ajoute à la beauté, à l'énergie, à la grâce de la pensée, comme l'habit triomphal, qui est tout ce qu'on peut imaginer de plus auguste [1], ajoute à la majesté même de la gloire. Enfin savez-vous rien de plus beau sous le soleil qu'un beau jeune homme dont le sang est pur, noble nature fortifiée par l'exercice, glorifiée par l'étude, et dont l'intelligence, tout comme le corps, tire sa beauté de la source même d'où lui vient sa vigueur? — Écoutez aussi les vrais préceptes qu'il faut graver, non pas sur l'airain des temples, mais dans l'âme des jeunes gens. La récompense de l'avocat n'est pas dans la victoire : elle est dans la conscience! — « La perfection, mon cher élève, la perfection, voilà notre but et nous devons y tendre de toutes nos forces, si nous voulons passer au moins sur la tête de quelques-uns de nos rivaux! » — Ainsi il parle, avec feu, énergie et conviction, comme un maître qui ne veut pas que, lui vivant, l'éloquence romaine reste ensevelie dans ses ornements et dans ses parures, et enfin comme un honnête homme qui se dit qu'après tout, quand un homme de bien a enseigné tout ce qu'il sait, personne n'a rien de plus à lui demander.

En même temps l'illustre maître s'inquiète des moindres détails de l'art qu'il enseigne : la voix, le geste, le corps, le visage, l'habit, l'accent, la main, le regard, la santé de l'orateur ; il veut que son dieu soit chaste, sobre, continent, pour qu'il ait la voix belle, le regard brillant, la démarche imposante. Que votre style soit agréable et naturel, que votre diction soit infiniment pure et qu'elle délasse l'esprit par la variété des formes. Plaisantez, mais

[1] Quo nihil excogitari potest augustius. Lib. X, c. 1, *Institut. orat.*

soyez sobre de bons mots; Démosthènes en disait trop peu, Cicéron en a trop dit, peut-être, bien que sa raillerie soit presque toujours fine, délicate et sentant son grand seigneur.

Si vous voulez finir par bien parler, écrivez beaucoup; Cicéron l'a dit: — *Le style est le meilleur artisan, le meilleur maître de l'éloquence.* — Il faut donc écrire avec soin, et tous les jours, si l'on veut se créer des forces pour l'heure du combat; il faut peser chaque chose et chaque mot: mais en fin de compte sachons nous contenter d'un certain point de perfection possible. « *Tu veux donc faire plus que tu ne peux?* » disait Julius Florus, l'orateur gaulois, à un sien élève qui n'était jamais content de ce qu'il avait fait. Bref, la correction doit *avoir une fin*. J'insiste sur tous ces détails: ce sont autant de leçons à l'adresse de Pline le Jeune et dont il a merveilleusement profité.

A chaque page du livre admirable de Quintilien vous pouvez reconnaître l'esprit, le talent, les préjugés même de cet habile orateur, de ce Pline dont nous écrivons l'histoire. Nous pourrions même, avec un peu de bonne volonté, retrouver les grands modèles dont les livres, passés déjà à l'état de chefs-d'œuvre, devaient mûrir son goût et sa jeunesse. Certes, autour de la chaire éloquente de Quintilien, les disciples accourus ne manquaient pas d'admirables exemples; comptez plutôt les rares génies que le maître avait associés à son enseignement: Homère, la source intarissable de tous les genres d'éloquence; Hésiode, le roi du style tempéré; la muse champêtre de Théocrite; les chants inspirés de Tyrtée, cette trompette guerrière; l'ïambe mordant d'Archiloque; le lyrisme de Pindare; Alcée à la harpe d'or; le tendre Simonide, et les poètes comiques de la Grèce: Eupolis, Aristophane, Cratinus; — Eschyle, Sophocle, Euripide, trois grands poètes repus des reliefs du festin homérique, mais c'est surtout Sophocle que doit lire le jeune aspirant aux honneurs du barreau. La tragédie de Sophocle se rapproche du genre oratoire plus que toute autre tragédie. Ménandre possède ce grand mérite qu'il a représenté la vie humaine sous toutes ses faces: lisez-le, il vous apprendra, jeunes gens, comment parlent le père, le fils, le soldat, le villageois, le riche et le pauvre, le furieux, le suppliant, le brutal. — Parmi les historiens, il faut étudier l'énergie et la concision de Thucydide, l'abondance et la clarté d'Hérodote. Xénophon..... Mais Xénophon est un philosophe. — Les orateurs, vous savez leurs noms : Démosthènes, qui peut être regardé comme la loi vivante de l'éloquence; après celui-là, mais à un long intervalle, arrivent Eschine, l'abondance en personne; Lysias, d'une simplicité élégante; Isocrate dans sa grande parure, et il a eu raison d'ambitionner les plus rares splendeurs du style; Démétrius de Phalère, le dernier des Grecs qui ait uni l'atticisme à l'éloquence; — Platon, cette tête homérique et presque divine; Aristote, qu'attendait une domination suprême sur les esprits du moyen âge chrétien; Théophraste, ce qui veut dire qu'il avait le langage fleuri d'Apollon et des Muses. Puis toute l'école stoïque, plus jalouse de cueillir les fruits de la dialectique que les fleurs de l'éloquence; voilà pour les Grecs.

Rome n'est pas moins féconde que la Grèce, et si l'on veut arriver à ce langage *tout romain*, à l'accent, au *goût* de la ville, comme disent les Hébreux, à cette exquise et fière politesse qui pénètre dans la voix, dans le geste, dans le ton de celui qui parle, à ce je ne sais quoi de court, de net, de précis, de plaisant parfois qui se faisait sentir au sénat, au barreau, au théâtre, chez l'empereur, chez le consul, chez l'affranchie elle-même, quand elle était née en plein accent romain, quand son amant s'appelait Ovide ou Properce, et s'abandonnait sous sa fenêtre, rebelle ou complaisante, à ses imaginations amoureuses, le grand moyen c'est de s'attacher aux poëtes et aux prosateurs de Rome dans les belles époques de l'art; étudiez avec respect ces grands précepteurs du monde, tenez, d'une main ferme, le pli de leur manteau : Virgile, le plus proche voisin d'Homère; Lucrèce, voisin de Virgile; Ennius, qu'il faut honorer comme ces grands chênes qui sont plutôt l'objet de notre secret effroi que de notre reconnaissance; Ovide, trop amoureux de son esprit, et cependant bien digne qu'on l'excuse de se tant aimer; Lucain, ardent, impétueux, orateur enveloppé dans le manteau d'un faiseur de dithyrambes! et nos charmants amoureux : Tibulle, Properce, Gallus, Horace enfin, et c'est tout dire; à ce nom d'Horace s'incline le passé, le présent sourit, l'avenir le salue; les nations civilisées le célèbrent en chœur, comme le philosophe, le railleur, l'amoureux, le critique et l'homme de goût par excellence. — Le théâtre latin (et l'orateur ne doit pas négliger les poëtes dramatiques, maîtres des passions) se vante de la *Médée* d'Ovide et surtout des comédies de Plaute et de Térence. Si les Muses parlent en latin, elles parlent le latin de Plaute. — L'histoire romaine vous donne Salluste, et le laborieux, le naïf Tite-Live, le second Hérodote. — Cicéron est le chef et le roi de l'éloquence romaine. On ne saurait croire quel était, au temps de Pline et de Quintilien, la trace que Cicéron avait laissée. Sa louange était dans toutes les bouches, son admiration dans tous les respects : on l'admirait pour son esprit, pour son génie, pour ces braves formes de s'expliquer, si profondes et si vives, pour cette épée dont la pointe était partout, pour cette armure brillante et solide qui a garanti tant de misérables, qui n'a pas sauvé le héros qui la portait; on l'aimait également pour les larmes qu'il faisait répandre, et pour les sourires que soulevait sa raillerie impérissable. A tant d'années de distance il faisait loi (déjà!) dans le goût, dans les arts, dans l'esprit, dans les préjugés de la nation romaine; il était devenu, tour à tour, l'avocat, le juge et le témoin du siècle dans lequel il avait vécu. Son éloquence, torrent qui s'échappe d'une source profonde, réunit les dons les plus heureux de l'esprit, du génie, de la science, du courage. Ne touchez pas à Cicéron si vous voulez que l'on vous respecte, si vous voulez qu'il vous donne tout le plaisir qui se peut tirer de son art. — Pour avoir eu le malheur de soutenir, un jour, que Cicéron portait une robe à longs plis afin de dissimuler les varices de ses jambes, Pline le Jeune, l'élève bien-aimé de Quintilien, s'est attiré une verte semonce. — « Ne voyez-vous pas, monsieur, que les plus belles statues antiques » sont ainsi vêtues, à l'exemple des Grecs! Cessez donc de pousser » à l'excès, comme vous faites, cet esprit d'investigation. Autant » vaudrait nous répéter votre méchant paradoxe d'avant hier, dans » lequel vous conseilliez à l'orateur de ne pas déranger l'économie » de sa chevelure! » — Et voilà toute la mention qui est accordée à Pline dans ce livre excellent de l'*Institution oratoire*, qu'on dirait écrit, par Pline lui-même, sous la dictée de Quintilien.

Quant aux philosophes romains, Domitien ne les aimait pas et il eût voulu les chasser de l'empire : Quintilien, de son côté, soit faiblesse pour l'aversion de l'empereur, ou soit qu'il partageât le mépris dont Juvénal accable ces faces pâlies par le cumin, ces tartufes de mœurs dont le manteau troué laissait percer tous les vices, ne fait grâce qu'à Sénèque, et encore avec mille réticences. Sénèque est rempli de vices charmants et d'une imitation dangereuse; c'est un philosophe peu exact, c'est un écrivain plein d'un éclat ambitieux et faux, dont les jeunes gens, si portés à l'imitation, doivent se méfier absolument. A force d'habileté, il a corrompu l'éloquence. A force d'art, il a corrompu le goût du peuple romain. Rhéteur admirable, comme il ne pouvait pas atteindre à la hauteur des modèles, il s'est efforcé de les placer à son niveau. On ne saurait trop le haïr, et trop l'aimer.

Telle est l'analyse rapide, incomplète, mais fidèle, de cette suite infinie de leçons illustres, fondées sur les chefs-d'œuvre de ces riches et grandes âmes des temps passés, qui, après avoir arrêté, pendant cinquante ans, la Rome littéraire sur le penchant de l'abîme, devaient servir à créer, dans l'Europe renaissante, l'esprit des saines études. Quintilien, et à son exemple les maîtres de la jeunesse chez tous les peuples du monde, enseigne aux jeunes gens à se servir des chefs-d'œuvre : prenez leur charme aux poètes, sa magnificence à l'histoire, son enjouement à la comédie, leurs vives et curieuses sallies aux Atellanes, prenez tout ce que vous pouvez prendre aux modèles, c'est votre bien, c'est votre fortune, c'est votre dot. De l'*Institution oratoire*, ce chef-d'œuvre, l'admiration de Corneille et de Pascal, de Racine et de Despréaux, de Molière et de Fénelon, est sorti le *Traité des Études* : disons mieux, l'Université de France en est sortie. C'est l'esprit, c'est la probité, c'est la science du livre de Quintilien qui ont veillé sur les générations passées, qui surveillent à cette heure les générations présentes ; flambeau de goût et de génie que porteront en avant les générations à venir.

Il était donc important de ne pas séparer le maître du disciple, Pline le Jeune de Quintilien, d'autant mieux que jusqu'à la fin le disciple a entouré son maître de déférence et de tendresse. Après avoir élevé les deux fils de Domitien, tâche ingrate, et qui n'eut pas de récompense, après vingt ans d'un si rude et si austère service, Quintilien se trouva pauvre et seul; car, dans l'intervalle, il avait perdu son fils, cet enfant le digne objet des plus chères espérances paternelles, cet être adoré, que le vieillard, s'arrêtant au milieu de sa leçon commencée, regrettait avec des larmes dans la voix, dans les yeux..... plein le cœur. — « Un être si beau! il » avait tous les avantages : un son de voix clair et charmant! une » extrême facilité à prononcer les deux langues, comme s'il eût » été également né pour l'une et pour l'autre! tant de fermeté, de » gravité et tant de force! — Un consul venait de l'adopter! un pré- » teur, son oncle maternel, lui destinait sa fille! Mort ainsi, toi, » mon fils, qui devais faire refleurir l'éloquence des meilleurs siè- » cles! » — Car le voilà le grand secret de cette douleur si touchante : ce que pleure le vieux Quintilien dans son fils, c'est l'orateur! Il était son fils, mais il était le plus éloquent des jeunes gens! Au moment suprême, et déjà défaillant pour son père : « *il vivait encore pour les lettres!* » — Depuis la mort de cet enfant, son espoir, l'admirable vieillard, étranger au monde, à ses ambitions, à ses affaires, n'était plus, comme il le disait, *qu'un père sans enfants*. En vain il avait résisté à la douleur, la douleur avait été plus forte, même que l'orgueil du stoïcien, et lorsqu'enfin il s'aperçut qu'il lui restait d'autres enfants, qu'il avait une fille à pourvoir, il découvrit en même temps qu'il n'avait pas une dot suffisante à donner à la fille de Quintilien. Ce fut alors que notre Pline écrivit à son vieux maître cette lettre, si honorable pour celui qui l'écrit et pour celui qui la reçoit :

« Personne ne sait mieux que moi, mon maître vénéré, la ver- » tueuse modération de vos désirs; je sais aussi que votre fille a été » élevée dans toutes les vertus convenables à la fille de Quintilien et » à la petite-fille de Tutilius : mais aujourd'hui que vous la donnez à

» Nonius Celer, un très-galant homme, qui occupe des charges » importantes, il faut que notre enfant soit entourée de cet éclat que » commande le rang de son mari ; cet éclat, sans augmenter notre » dignité, lui donne cependant plus de relief extérieur. Vous êtes » riche des biens de l'âme, mais l'autre fortune vous l'avez tou» jours dédaignée ; souffrez donc, vous mon second père, au nom » des rares bienfaits dont vous m'avez comblé, que je donne à » votre chère fille cinquante mille sesterces. Je compte sur la mé» diocrité de ce petit présent pour obtenir la permission que je sol» licite de votre indulgence ! »

Mais Quintilien lui-même, avec sa douce gravité, avec ce langage austère qui ruinait, en les minant, les erreurs de la jeunesse, ce prince de la sagesse et de l'éloquence, n'a pas été le seul instituteur de ce jeune homme qui devait si bien profiter de toutes les leçons honorables. Autour de cette enfance, si bien gardée, on rencontre les hommes les plus distingués et les plus sincères de ces époques malheureuses qui avaient conservé cependant quelque énergique souvenir des antiques vertus. Le philosophe Eucrate devint bientôt un des amis de Pline : Pline l'avait recherché au fond de la Syrie alors que lui-même il remplissait les devoirs d'un soldat ; mais le moyen de rester sous la tente, occupé uniquement d'études militaires, lorsqu'une école savante est là tout proche, et les portes grandes ouvertes ? — Notre jeune soldat se fit aimer facilement du philosophe Eucrate, et celui-ci, quand il eut reconnu l'aptitude, la modestie, le mérite du jeune homme, élevé par Quintilien, traita ce jeune homme comme s'il eût été son enfant. Ce philosophe Eucrate était un vrai disciple de Platon, il était élégant et subtil dans la dispute, inspiré dans son discours, véhément et passionné quand il fallait prouver et conclure ; il avait, du reste, les grandes apparences d'un vrai sage, la taille haute, le visage calme et serein ; il portait ses cheveux longs et une très-longue barbe toute blanche ; modeste dans ses habits, fier dans son attitude, austère, plus encore dans sa vie que dans sa parole, il faisait la guerre aux vices, et non pas à l'humanité. Père de famille, il avait deux fils qu'il élevait et qu'il aimait comme Quintilien aimait le sien. Eucrate réconcilia Pline avec la philosophie, et même avec les philosophes, il l'encouragea dans ces instants difficiles où les jeunes gens doivent choisir entre le plaisir et le devoir, il lui apprit que la plus noble fonction de la sagesse c'est de faire régner la paix et la justice entre les hommes. Tant qu'il vécut Pline le Jeune se rappela le philosophe Eucrate et ses leçons.

Il fut aussi honoré de l'amitié et de l'estime du sage Spurrina ; de bonne heure il apprit à l'école de l'austère vieillard, non-seulement la jurisprudence, sans laquelle on n'était pas Romain dans Rome, mais aussi l'ordre et la majesté qui conviennent à la vieillesse. Il admirait cette maison si bien réglée, ce repos occupé, cette sérénité des derniers jours : Spurrina se réveille à sept heures ; à peine réveillé, il repasse en lui-même les événements de la veille ; il est debout à huit heures, et tout de suite il fait une course de son pied léger ; car il n'exerce pas moins son corps que son esprit. Sa journée est consacrée à l'étude : il lit, il cause, on lui fait des lectures. Sa femme est une femme d'un rare mérite, et elle ne quitte guère ce vieillard dont les souvenirs ont conservé la force et l'agrément d'une histoire racontée par un témoin oculaire. Après son repas du matin Spurrina se retire dans son cabinet, où il s'occupe à composer, en grec et en latin, car il sait à merveille les deux langues, des poésies pleines de cette grâce douce et gaie qui convient si bien à l'*âge de seigneurie*. A l'heure du bain, à trois en été, à deux en hiver, il se déshabille, et après le bain il se promène au soleil. De là, il va à la paume : il joue fort long-temps et vaillamment, ce qui est une façon de faire la guerre à la lourde vieillesse. Après le jeu il se jette sur un lit, et alors ses amis l'entourent ; c'est l'heure où chacun le peut approcher. Sa table est servie d'une façon riche et frugale ; son argenterie, massive et antique, rappelle les vieux temps des vraies fortunes. Il possède son buffet d'airain de Corinthe, et ces beaux vases réjouissent sa vue. Pendant le repas on cause, on entend des lectures ; souvent même, à la première torche, Spurrina fait venir des bouffons, des comédiens, des danseuses, des joueuses de flûte la tête couronnée d'amarante. Voilà comme, après avoir assisté aux grandes affaires de la nation, après s'être conduit toute sa vie en vrai Romain, avec liberté, avec justice; après avoir passé par tous les emplois difficiles : le travail d'armée, le travail du sénat, l'administration des provinces, ce noble vieillard, modèle parfait de politique et de sagesse, à l'âge de soixante-dix-sept ans a sauvé de sa jeunesse passée, tout ce qu'il en pouvait sauver : la vue, l'ouïe, l'énergie, la vivacité d'esprit, la parole facile et nette; en un mot il est resté un jeune homme avec la bienveillance et la sagesse de plus.

Ces illustres Romains d'autrefois, glorieux débris sauvés par la Providence du grand naufrage de la République, Pline nous les fait aimer par la seule raison qu'il nous les montre, tels qu'il les a vus lui-même, rois du discours, ornement des provinces, prêts à faire tout ce qui était beau et bon pour la république et l'empire du peuple romain. Rufus, le vieux général, criblé de blessures, était mort que Pline n'avait pas vingt ans, Pline rétablit à ses frais la tombe oubliée de Rufus. Corellius, nommé consul à vie, chargé d'ans et d'honneurs, est le premier qui ait sollicité les charges publiques pour Pline le Jeune; il avait mieux fait que cela, il avait recommandé Pline à l'empereur Nerva, dont il était l'ami et le conseil, mais aussi, à son lit de mort, Corellius disait à sa fille : « Ma fille, dans le cours d'une longue vie je vous ai » fait quelques amis, je l'espère, comptez sur eux; mais comptez » avant tous les autres sur Pline et sur Cornutus. » A ce noble appel Pline répondit en prenant la défense de Corellia contre C. Cécilius, consul désigné. « Il s'agit de la fille de Corellius et vous » me priez de la défendre! Je vous remercie de votre avis, mais » je me plains de votre prière. » Helvidius aimait Pline, Helvidius est mort, Pline veille à son tour sur ses enfants, il mène le deuil de ses deux filles, les deux sœurs mortes en couches et le même jour; il s'inquiète de l'avenir de l'enfant qui reste. — Et son tuteur Ariston, de quelle tendresse il l'a entouré jusqu'à la fin : « Rien n'égale la sagesse d'Ariston, c'est pour moi un trésor où je » trouve la sagesse qui me manque. J'aime sa frugalité, sa prudence, » sa fermeté, la sincérité de son discours, le zèle qui lui fait accep» ter les tâches les plus rudes. Les affaires publiques et le barreau

» l'occupent tout entier[1]. Il plaide pour l'un, il donne à l'autre » des conseils, en un mot il pratique si complètement les leçons » de la philosophie qu'aucun de ceux qui en font profession publi- » que ne lui peut disputer la palme de la justice, de la grandeur » d'âme, de la bonté! » Hélas! le digne Mentor qui avait surveillé tout à la fois sa jeunesse et sa fortune, ce Titus Ariston, d'un esprit si ferme, il était si malade qu'il avait résolu d'en finir violemment avec la vie. — « Parlez à mon médecin, disait-il à Pline, » qu'il vous dise où j'en suis; allez, je ne suis point insensible aux » prières de ma femme, aux larmes de ma fille, aux inquiétudes » de mes amis, mais je ne veux pas de souffrances inutiles, vous » m'entendez! » Pline promit à son ami de l'avertir quand il faudrait mourir. Une crise heureuse survenue dans sa maladie, après qu'il eut ruminé trente jours l'arrêt de sa mort, et au moment où il allait prendre un terrible parti, a sauvé Titus Ariston.

Les étranges philosophes! Ils regardaient le mépris de la mort, comme un des plus grands bienfaits de la vertu! Et voilà donc où en était venu le scepticisme romain! Quand ils n'ont rien à répondre à la destinée ou à la douleur, ils se tuent, et alors il leur semble que tout est dit. Le suicide est passé pour ainsi dire dans les habitudes de ces autocrates, impatients de tout obstacle qui s'oppose à leur volonté. Tout à l'heure Titus Ariston voulait mourir pour un accès de fièvre, en voici un, nommé Rufus, le frère du vieillard dont nous parlions tout à l'heure, qui se tue parce qu'il a la goutte. Ce Rufus était cependant reconnu pour un homme d'une *souveraine raison;* il était entouré des biens qui font aimer la vie : beaucoup de crédit, de fortune, de famille, d'honneurs. La goutte avait passé des pieds dans la tête, et cet homme, résolu d'en finir, fait appeler son ami Pline : — « Par Proserpine, s'écrie-t-il, » si j'ai vécu si long-temps, c'est que je voulais survivre à ce bri- » gand de Domitien; mais je n'en puis plus, je veux partir et je » me laisse mourir de faim! » En vain sa femme, ses enfants, ses amis prient et supplient Rufus de renoncer à ce terrible projet.

[1] Livre I, lettre XII.

L'arrêt est porté! dit-il, et il mourut comme il l'avait dit! La biographie de Pline est semée de ces anecdotes, recueillies dans les meilleures maisons des sénateurs romains.

Ainsi est mort, parce qu'il voulait mourir, un des derniers poètes de la littérature romaine, écho affaibli de Virgile, Silius Italicus (et, pour vous rendre compte du talent de Pline, comparez sa prose si nette, si claire, si vive, si châtiée, si charmante, au poème de la *Guerre sociale*). Ces âmes inquiètes et malheureuses comprenaient confusément que la fin du monde était proche; elles ne pouvaient s'imaginer qu'il y aurait un autre monde après Rome. Pauvres esprits, en peine de l'idéal, ils ne savaient même plus à quels rêves se rattacher. L'espace leur manquait dans cet univers écrasé; pas une étoile dans ces cieux assombris, tout comme la terre, par la tyrannie immense. Au temps de Virgile, au temps d'Horace, le poète doutait encore; sous Domitien le doute même n'était plus permis, et le poète, assis sur les ruines de sa poésie, comme Marius à Minturne, en était réduit à se dire, dans ce naufrage universel : plus de mer et plus de ciel! c'est-à-dire plus rien à chanter, plus rien à espérer, plus rien à attendre. Dans ces époques malheureuses, le génie n'avait donc plus qu'à choisir entre ces deux abîmes : la mort de Pétrone, ou l'infâme complaisance de Martial, cet enfant de l'Espagne, qui jouait le rôle du dernier des parasites. Cette mort volontaire de Silius Italicus l'entoure d'un intérêt inattendu; il pouvait réaliser les plus grands rêves, les plus heureux : une belle terre près de Naples, une grande renommée, bien que déjà, sous le règne de Néron, sa renommée eût reçu quelque atteinte; il avait eu aussi beaucoup de gloire dans son gouvernement d'Asie, et il s'en était retiré, les mains nettes, avec l'approbation unanime. Il menait tout à fait la vie d'un patricien et marchait l'égal des personnages les plus considérables; on l'invitait souvent, et souvent aussi on le priait de lire ses vers, plus dignes d'un rhéteur habile que d'un vrai poète. Sa vie se passait à faire réparer ses maisons, à acheter des livres, des statues, des portraits, des curiosités dont il était fou. Le portrait de Virgile le suivait en tout lieu, il célébrait chaque année la fête de son poète, et il s'était fixé à Naples pour être plus voisin de son tombeau. Consul sous Néron, il était le seul homme de cette dignité qui eût échappé aux proscriptions de son maître; quand le maître eut été égorgé, il fut le seul des puissants de ce règne qui échappa aux réactions politiques: et pourtant il s'est tué, et sans attendre même que son second fils, le seul qui lui restât, fût élevé à la dignité consulaire! Graves sujets d'étonnement.

Parmi les amis de sa jeunesse dont Pline s'est souvenu (il n'a oublié personne), il faut placer le philosophe Artémidore. Artémidore, proscrit et chassé de Rome par cet édit de Domitien qui bannissait les philosophes témoins austères, témoins importuns de tant d'esclavage, ne trouva de refuge que dans l'amitié de Pline. En dépit de sa dignité de préteur et malgré le double danger de déplaire au tyran, Pline tendit au proscrit une main secourable; et comme Artémidore, tout proscrit qu'il était (scrupule digne d'un brave homme), ne voulait pas quitter la ville sans avoir payé ses dettes, qui étaient considérables, Pline se chargea des dettes du philosophe. Il aimait Artémidore, il se rappelait que celui-ci l'avait aidé durant son service comme tribun des soldats en Syrie, il honorait sa probité et son courage, et il préférait la mort à la honte de se montrer ingrat. Certes le danger était grand d'agir ainsi, Pline était déjà suspect à ce pouvoir timide et jaloux, le plus grand nombre de ses amis avaient été envoyés en exil ou au supplice, Sénécion, Rusticus, Helvidius avaient porté leurs têtes au bourreau, Mauricus et ses autres amis, Gratillus, Arius, Fannius, étaient partis pour l'exil. On trouva plus tard le nom de Pline, inscrit par la main furieuse et lâche de Domitien, sur les tablettes sanglantes de ses proscriptions.

Pline, homme sérieux, esprit correct et d'une dignité toute consulaire, a été bon même pour le poète Martial, poète agréable, délié, piquant, ingénieux, honnête dans le fond, mais les formes de la probité lui manquaient, ou pour mieux dire ce pauvre diable manquait de cette dignité morale sans laquelle les plus admirables talents perdent beaucoup du respect qui leur revient. Quand le poète Martial quitta Rome et cette petite maison sans ombre et sans eau, dans un quartier perdu, que lui avait donnée l'avare Domitien, Pline donna au poète de quoi gagner l'Espagne sa patrie. Ainsi tomberait cette histoire du grand mariage avec cette belle et éclatante fille de l'Espagne qui fit, dit-on, de Martial un propriétaire riche, considéré, et tout malheureux au souvenir de sa misère d'autrefois, *mais la misère à Rome*, comme il disait si bien. — C'était si beau cet espace qui séparait le mont Esquilin du mont Cœlius!

Pline avait été l'ami d'un sénateur nommé Licinius, ils avaient fait ensemble leurs premières armes. L'histoire de ce sénateur est un vrai drame. Domitien, qui cherchait des crimes, comme Trajan cherchait de belles actions, s'était mis à vouloir se signaler par le supplice d'une vestale, car ces sortes de supplices étaient destinés à frapper d'étonnement et d'épouvante ce peuple qui voyait tomber, sans s'étonner, les têtes les plus hautes et les plus illustres vertus. La vestale destinée à ajouter cette nouvelle emphase à la fureur de Domitien, s'appelait Cornélie; en sa qualité de pontife souverain, l'empereur accusa la vestale d'*inceste*: lui qui avait débauché sa propre nièce, et qui l'avait fait mourir de honte et de douleur! Aussitôt Cornélie est condamnée sans avoir été entendue; on vient lui dire que sa tombe l'attend et qu'il y faut descendre, vivante! Elle sourit de dédain et de pitié, elle répond qu'elle est prête, on l'entraîne dans le champ scélérat où le caveau funèbre était creusé. Comme la prêtresse descendait dans ces ténèbres, sa robe s'accroche à l'échelle, Cornélie se retourne, elle détache sa robe, et repoussant le bourreau, qui lui présente la main, elle disparait d'un pas aussi ferme que lorsqu'elle montait, reine des prêtresses, à l'autel de Vesta. Rome fut indignée de ce supplice et elle retrouva quelque énergie pour s'écrier que l'empereur avait violé la justice et le respect qui se doivent aux vestales. Furieux du peu de succès de son crime, Domitien fait arrêter le sénateur Licinius, comme le complice de Cornélie, et celui-ci, pour sauver sa tête, eut la faiblesse d'avouer qu'en effet il était coupable d'inceste. Dans son exil, Licinius, le sénateur, s'est fait maître d'école en Sicile, *et d'orateur le voilà devenu rhéteur!*

L'historien C. Fannius honorait la jeunesse de Pline d'une estime toute particulière, et souvent, quand ils étaient seuls, Fannius lisait, à son jeune ami, quelque terrible passage de son Histoire de Néron. Une nuit, comme ils s'étaient oubliés dans leur commune malédiction contre ce prince abominable, Fannius, resté seul, s'endormit et vit en songe Néron lui-même tout couvert du sang de sa mère! Le pâle empereur, ou plutôt *l'histrion couronné*, s'assit près du lit de l'historien. Fannius avait posé sur sa table la cassette où il tenait renfermés les divers chapitres déjà consacrés au récit des crimes de Néron et des horreurs de son règne. Le fantôme ouvrit la cassette, il prit le premier livre et il le lut d'un bout à l'autre, il en fit autant du second livre, autant du troisième; puis, sa lecture achevée, il remet tout en place; il se lève, et se retire comme il est venu. De ce rêve, Fannius éperdu a tiré cette prophétie : qu'il mourrait avant d'avoir écrit son quatrième livre, et l'événement a justifié cette prophétie.

La conduite de Pline avec Corellia, la sœur de son ancien patron Corellius, est des plus honorables; Corellia, d'ailleurs, avait été l'amie de la mère de Pline et c'était un grand titre à ses meilleures déférences. Cette dame venait de faire un héritage de sept cent mille sesterces; et comme elle voulait avoir un bon placement de son argent, elle s'adressa à Pline. Celui-ci répond que, justement, il peut lui vendre, dans les environs du lac de Côme, autant de terre qu'elle en voudra, pourvu seulement que l'on ne touche pas à l'héritage qui lui vient de son père et de sa mère. Corellia accepte la proposition, et, pour ses sept cent mille sesterces, on lui donne un bien qui valait un million. Quelques jours après, la sœur de Corellius réclame, elle dit qu'on l'a trompée, qu'on lui a vendu un bien fort au-dessous de sa valeur; à quoi Pline répond que le marché est fait et parfait : « Permettez-moi donc, madame, pour cette fois de résister à vos ordres, qui seront toujours des ordres absolus pour moi[1]! »

Même avant de raconter son dévouement pour ceux qui ont

[1] Livre XIV, lettre VII.

soigné son enfance, qui ont protégé sa jeunesse, nous aurions dû commencer par où il a commencé. A peine maître de sa fortune, il donnait à sa nourrice une belle ferme de cent mille sesterces; bien plus, il faisait régir cette ferme par un sien ami, Vérus, car il ne s'en rapportait pas même à son affranchi pour une affaire si importante. « Je vous rends grâce de votre bonté à faire valoir » la ferme que j'ai donnée à ma nourrice... Souvenez-vous que ce » ne sont ni les arbres ni la terre que je vous recommande (ce» pendant ne les négligez pas), mais le bien-être de celle qui tient » de moi cette petite fortune! » Vous le voyez, ce jeune homme réunissait toutes les vertus de l'esprit et toutes les vertus du cœur.

Mais parmi tous ces noms illustres qui sont comme le cortége glorieux de Pline le Jeune, il en est un surtout qui devait agrandir, outre mesure, les vastes espérances et le juste orgueil de ce jeune homme; l'illustre patronage de Pline l'Ancien et bientôt son adoption suffiraient pour ennoblir toute une vie. Au seul souvenir du grand naturaliste, toute pensée s'incline; il est placé au premier rang parmi les admirables nomenclateurs qui ont su, des premiers, le nom sacré, le mouvement, la gloire des plantes sur la terre, des oiseaux dans les nues, des bêtes des forêts, des hôtes de la mer, des étoiles du ciel. Il avait compris tous ces miracles! Par le respect même que Pline le Jeune portait à tout ce qui ressemblait à la probité, à la science, à l'honneur, vous pouvez juger du zèle et du respect dont il entourait ce père illustre que lui avait donné l'adoption. C'était sa vie de l'aimer, et il songeait, nuit et jour, à conquérir de si difficiles suffrages. On voit même dans plusieurs lettres, écrites pour ainsi dire sous la tente du savant naturaliste, que son fils adoptif, pour lui plaire, veut prendre sa part de ses études et de ce style qui ont pour objet l'histoire de la nature. Même dans les pages de l'oncle, on ne trouve rien de plus ingénieux que cette lettre du neveu, où il raconte comment il a vu la source du Clitumne[1] :

« Du pied d'une petite colline, ombragée d'un bois de cyprès,

[1] Livre VIII, lettre VIII.

» s'échappe avec un doux murmure une fontaine dont l'eau est si » limpide, que l'on pourrait compter les sables de son bassin. » Bientôt, entraînée par son abondance même, la fontaine devient » un fleuve[1], et ce fleuve est chargé de bateaux qui s'en vont au » fil de l'eau et qui ne remontent qu'à force de rames. Le rivage » est ombragé de grands arbres qui se reflètent dans cette eau » pure comme le cristal, fraîche comme la neige ; quantité de pe- » tites fontaines ajoutent leurs eaux et leur murmure à ces belles » ondes que l'on dirait habitées par la déesse même de la santé. » Une autre fois[2], il a vu, près de Rome, des merveilles si rares, qu'il ne leur manque guère que d'être cachées au fond de l'Égypte ou de l'Asie pour attirer une multitude de voyageurs. Par exemple il a passé quelques jours dans une maison nommée Vadimont, située près d'un lac dont la forme rappelle une roue couchée. Ce lac est consacré, et personne n'oserait y naviguer; mais en revanche il est couvert d'îles flottantes qui vont çà et là, au ras de l'eau et dans un poétique pêle-mêle de fleurs et de verdure. Elles plongent, elles se cachent, elles se montrent comme une bande de cygnes capricieux: parfois les petites suivent les plus grandes, comme fait le canot attaché au flanc du navire; parfois aussi vous diriez que les grandes îles luttent de vitesse avec les petites. L'eau de ce fleuve est bonne pour les fractures; au bout du lac il se perd dans un abîme profond et disparaît. Ce sont là de gracieuses fantaisies dans lesquelles se montre un grand désir d'être agréable à cet oncle qui savait jeter sur les moindres accidents de la terre et du ciel un regard si intelligent et si exercé.

C'est un des drames les plus considérables de l'antiquité savante, la mort de Pline l'Ancien. Ce grand homme est mort, pour ainsi dire, au champ d'honneur de la science, et de même qu'il n'avait pas reculé devant l'ennemi, il aurait eu grande honte de reculer, même devant une de ces violentes commotions de la nature qui font disparaître des villes entières sous le feu, sous la cen-

[1] On dirait *la source du Loiret.*

[2] Livre VIII, lettre XX.

dre, dans l'oubli, dans l'entassement des siècles. C'est un des plus beaux récits qui se puissent lire, cette mort de Pline l'Ancien racontée par son neveu, par son fils. Ce rare historien de la nature vivante n'avait pas plus de cinquante-six ans lorsqu'il fut envoyé à Misène pour commander la flotte qui s'y trouvait alors. C'était au mois d'août, par ces grandes chaleurs qui rappellent les soleils de l'Orient. Pline était avec son oncle et sa mère sur le même vaisseau. L'oncle venait de prendre un bain d'eau froide, et s'était séché au soleil; puis, couché sur un lit, il étudiait. Tout à coup on vient l'avertir qu'un nuage se montrait au loin, d'une forme étrange. Aussitôt notre capitaine sort de sa cabine, et, grimpant sur le mât, il observe ce nuage; il voit que cette fumée vient du Vésuve: la fumée avait la forme d'un grand pin aux branches étendues, elle était mêlée de terre et de cendres; ce qui la faisait paraître blanche ou noire, tour à tour. Pline l'Ancien, pour mieux s'expliquer ce problème, fait appareiller une frégate légère, et, laissant son neveu sur le vaisseau amiral, il pousse au Vésuve. En vain ses matelots le prient et le conjurent d'éviter le péril, il monte sur sa frégate et il s'en va étudier les points du rivage qui lui paraissent les plus menacés. Cependant chacun fuyait et regagnait la pleine mer à force de rames. Déjà le feu, la fumée, la cendre, des blocs énormes, violemment arrachés de la montagne, tombaient tout au loin comme une pluie funeste... Pline l'Ancien, d'un air serein, dictait ses observations à un secrétaire interdit, épouvanté. « Cette » fois (c'est le neveu qui parle), le pilote veut gagner, sans virer » de bord, la pleine mer. La fortune est pour les braves gens, dit » mon oncle, tournez du côté de Stabie. Stabie est une des anses » que forme, en se courbant, ce rivage naguère aimé du ciel. Là » se tenait, avec une partie de la flotte, un des capitaines de mon » oncle, Pomponianus. Pomponianus habitait une jolie maison » non loin de ce rivage; mais à la première annonce du Vésuve en » courroux il avait donné l'ordre du départ, et déjà il faisait emballer » tous ses meubles. Mon oncle lui demande l'hospitalité, il le calme, » il lui dit que tout va bien, il le rassure, et, pour mieux témoigner » qu'il n'a rien à craindre, il se met au bain, puis, après le bain,

» il demande à dîner et il mange gaiement. Cependant le Vésuve » furieux s'abandonnait à toutes ses colères, la flamme rougeâtre, » comme la flamme de l'incendie, s'échappait avec de grands » bruits terribles, pantelants, sonores — le tonnerre! — *Ce n'est » rien,* dit mon oncle, *quelques villages brûlent sur les hauteurs, » abandonnés des paysans.* Il se met au lit et il dort, on l'entendait ronfler de l'antichambre! Peu à peu la cour qui précède le » vestibule se remplit d'une cendre fine et brûlante, cela dura jusqu'au matin. Alors seulement on se décida à éveiller mon oncle. » Quand il vit que la cendre menaçait toutes les issues, il consentit enfin à sortir; et il tint conseil avec Pomponianus et les » autres qui étaient restés sur pied toute la nuit. Rester dans la » ville c'était impossible, le tremblement de terre avait ébranlé » toutes les maisons et déjà quelques-unes n'étaient plus qu'un monceau de ruines; mais, d'autre part, la place n'était pas sans danger, car le Vésuve vomissait, à chaque instant, des laves et » des pierres. A la fin, comme le danger grandissait toujours, » ces infortunés se hasardent en pleine campagne, la tête couverte » d'oreillers pour toute précaution : leur projet était de se rapprocher du rivage et de reprendre la mer; mais la mer, soulevée » dans ses dernières profondeurs, les rejette sur la terre ferme. » En ce moment mon oncle demande de l'eau, il boit, il se couche » sur un drap, par terre, et il tombe mort. Trois jours après son » cadavre fut retrouvé à la même place; on eût dit, à voir ce calme » visage, que ce grand homme était tout simplement endormi. » Pour moi, je fus sauvé comme par miracle. J'étais resté dans la » galère de l'amiral, tout entier à la lecture de Tite-Live. J'avais » passé toute la nuit dans cette étude qui me plaisait, lorsqu'à sept » heures du matin le tremblement de terre fut si grand qu'il nous » fallut aborder et nous enfuir à travers la campagne. Le Vésuve » était en feu, la fumée se répandait sous le soleil, nous cherchions » mon oncle, lorsque le nuage vient à tomber, et, couvrant l'île de » Caprée, il nous fait perdre de vue le promontoire de Misène. » Ma mère, en ce moment, me prie et me supplie de l'abandonner » au plus fort de ce désastre; elle me représente que je suis jeune,

» que je suis alerte, que je puis me sauver, elle cependant, re-» tardée par l'embonpoint de l'âge mûr, elle ne pourra que m'en-» traîner dans sa ruine, à quoi je réponds en prenant la main » de ma mère, je l'entraîne dans ma fuite, elle veut se défendre, » mais en vain, il faut me suivre. L'orage nous poursuivait : — Pre-» nons un sentier de traverse, ma mère ! sinon la foule va nous » briser... Quelle nuit ! des plaintes, des cris, des prières, des » blasphèmes ! L'une appelait son enfant, le fils cherchait son père, » les enfants criaient à rompre le ciel ! d'autres invoquaient les » dieux. Pour moi, ce qui me consolait c'est que je mourrais avec » ma mère et avec le cœur net d'une lâcheté impie ! Un instant nous » vîmes poindre, dans le nuage, comme une lueur de l'aurore.. » c'était la flamme du Vésuve ! A la fin parut le jour : ce n'était pas » tout à fait le jour, mais un crépuscule qui funèbre venait du » ciel ! Nous cependant, ma mère et moi, oubliant la fuite, nous » cherchions mon oncle... mon père... ce grand homme que nous » ne devions plus revoir ! »

Sa douleur fut égale à la perte qu'il avait faite ; quelle perte, en effet : tant de courage, de science, de dignité ! Pline l'Ancien est un des plus grands exemples de l'aptitude des illustres Romains à l'universalité des sciences et des arts. Jeune homme il commandait une brigade de cavalerie, et en même temps il composait un *Traité de l'art de lancer le javelot à cheval*. Il écrivit encore deux livres de la *Vie de Pomponius Ælianus*. Après les guerres d'Allemagne, il en écrivit l'histoire par les ordres mêmes de Drusus Néron, qui lui était apparu dans un songe, le suppliant de ne pas le laisser dans l'oubli. Il avait fait aussi six livres de *l'Homme de lettres* : bien dignes qu'on les regrette, car c'était un être mal défini, l'homme de lettres, sous les empereurs de Rome ; difficile époque, où il était également dangereux de parler et de se taire. Il écrivit huit livres *sur les façons de parler douteuses* ; trente et un livres pour servir de suite à l'histoire d'Aufidius Bassus, et enfin ses trente-sept livres de l'*Histoire naturelle* son chef-d'œuvre impérissable. Sans compter que ce même homme, grand soldat, grand capitaine, habile marin, savant du premier ordre, écrivain du plus rare mérite, tête consulaire, avait tenu au barreau une place éminente, de grandes charges à la cour, et rempli des gouvernements importants. Il travaillait la nuit et le jour; il se levait à une heure du matin, en hiver, et il se couchait avec les étoiles. Dans sa litière à six esclaves il écrivait, à son dîner on lui faisait la lecture, et encore il fallait que le lecteur lût vite et bien. Une fois, comme son neveu faisait répéter un passage que l'esclave avait lu trop rapidement : « Eh quoi! ne l'avez vous pas entendu? dit son oncle, votre interruption nous coûte plus de dix lignes! » Même au sortir du bain il étudiait, mais encore est-il difficile de s'expliquer comment cet homme admirable a pu venir à bout, en si peu de temps, de ces études, de ces chefs-d'œuvre, de ces nombreux et incroyables travaux.

Nous ne voulons pas, à coup sûr, nous montrer ingrat avec notre savante mère, l'Université de France, *alma mater,* mais quand on compare, même les études des disciples les plus distingués de l'Université de Paris, aux efforts de la jeunesse romaine sous l'empereur Néron, dans cette absence de liberté et d'espérance, on ne peut s'empêcher de donner les palmes du zèle et de l'émulation à ces jeunes Romains, destinés à toutes les servitudes. Tel était véritablement le malheur des temps, que ces rares et généreux courages n'avaient guère que des tyrannies à attendre, et, pour le soulagement passager de ces tyrannies pesantes, deux ou trois bons princes qui, dans les intervalles cléments, venaient calmer ces irritations et ces misères. Trente-neuf meurtres seulement jusqu'à Tacite, dans la maison des Césars! C'est beau cependant de voir, dans le fort de ces misères, l'école de Quintilien s'attacher, plus que jamais, aux sincères et dangereuses majestés de la parole. A peine échappés à la férule du maître, ils abordaient, pleins de zèle pour l'État et de passion pour la gloire, les nobles charges dans lesquelles l'éloquence était encore nécessaire; ils tenaient à honneur de faire partie de cette *milice civile* qui, à défaut des libertés perdues, défendait les droits que le peuple romain avait mis en réserve, héroïques souvenirs d'un passé qui ne pouvait plus revenir : le droit de liberté, le droit de race, le droit de famille, le droit de mariage, le droit paternel, le droit de tutèle, le droit de propriété légitime, le droit de testament, le droit d'héritage, le droit de cens, le droit de suffrage, le droit d'honneurs! Le barreau avait remplacé la tribune politique, mais ces hardis enfants de l'éloquence retrouvent souvent, au barreau même, les hauteurs difficiles, le vieux sentier au milieu des chênes nourris par les vents et les pluies d'orage, qui naguère conduisait à cette tribune dominatrice où la tête de Cicéron avait laissé son empreinte de sang et de génie. En dépit de l'esclavage qui pesait sur le monde romain, et en pleine décadence de ce formidable empire formé du débris de tant de monarchies, c'était là une époque turbulente, active, passionnée, pleine de colères, d'ambitions, de regrets : ici la république rêvée par tant d'esprits invincibles, là les nouveaux adeptes des nouveaux pouvoirs, s'efforçant de faire, par les lois, ce qu'ils ne pouvaient pas faire par les mœurs; çà et là, et partout répandu, et prêt à adopter les causes les plus contraires, ce peuple qui fut le peuple romain, et qui, de toutes les libertés perdues, regrette surtout d'être chassé du forum, ce rendez-vous solennel de l'univers. *Défendre les autres et en être défendu, quoi de plus noble?* Il y a tantôt trois mille années que Platon a dit cela! A peine entrés dans cette carrière glissante de tous les devoirs et de tous les honneurs, le premier soin de ces intrépides athlètes c'était, comme on disait encore, de s'appliquer à l'éloquence. Que de peines, que de travaux, quelle attention scrupuleuse sur soi-même, sur sa vie, sur ses mœurs, sur sa santé! quelle abnégation de tous les plaisirs et de toutes les joies de la jeunesse! Avant tout il fallait se bien porter pour suffire à tant de veilles, à tant de recherches, à tant de travaux! Faire le bien, chose toute royale! Naturellement on choisissait les sentiers les plus difficiles, par la raison toute simple « qu'il n'y a rien de haut et d'élevé qui ne penche à l'abîme[1]. »

« Ne me parlez pas du chemin tracé dans les plaines; il est plus » sûr, mais il est si obscur! Les écueils font tout le prix de l'élo- » quence. Avez-vous peur, faites vous saltimbanque! on applaudit

[1] Pline, liv. IX, lettre XXVI.

» le funambule à l'instant où sa chute paraît imminente! La tempête prouve le pilote; que le ciel soit chargé d'orage, que les vents soient déchaînés, que le mât plie à se rompre, alors » seulement le pilote se peut comparer au dieu de la mer! » Aussi malheur à qui voudrait renfermer l'éloquence dans un trop petit cercle et la priver des ressources d'un grand génie, autant vaudrait faire régner le silence sur le monde épouvanté, encore ce ne serait pas là un moindre crime que d'arracher, une fois pour toutes, l'éloquence au genre humain. Non, non, tant que nous n'aurons pas perdu tout à fait la cité romaine, tant que nos lois, gravées sur des tables d'airain, seront attachées à des clous de fer sur les murailles du Capitole, nous ne renoncerons pas à l'éloquence. C'est le véritable talent de l'homme libre : émouvoir, charmer, détourner, exciter, embellir, enflammer, défendre les passions d'un si grand peuple, par la force, par la grâce, par la toute-puissance de la parole; en revanche cette irrésistible puissance de l'art oratoire demandait toute la vie d'un homme, et cette longue étude, commencée dès l'enfance, se prolongeait jusque dans la vieillesse, jusqu'au tombeau. César-Auguste, à douze ans [1], prononça, devant les rostres, l'éloge de son aïeule; à vingt-six ans Cicéron plaidait pour Sextus Roscius, aux grandes acclamations du peuple; Démosthènes, encore enfant, plaida contre son tuteur Calvus; César Pollion n'avait pas atteint l'âge pour la questure qu'il était déjà chargé de causes importantes; le vieux Caton, Caton le censeur, *l'homme le plus éloquent de la race romaine*, disait Salluste, le même qui eut l'honneur de trouver dans son âme l'admirable définition de l'orateur : *un homme de bien qui sait parler*, a plaidé jusqu'à la fin extrême de cette vie si longue et si remplie d'éloquence et de vertu. Ainsi l'éloquence est de tous les âges; elle resplendit comme une auréole sur le front du vieillard, elle brille d'une flamme éclatante sur le front inspiré du jeune homme qui réunit au courage le témoignage d'une bonne conscience. A l'exemple des Grecs, les Romains voulaient être capables de toutes

[1] Quintilien, *Institution oratoire*, liv. XII

les choses humaines, à condition de ne faire que les bonnes. Écoutez-les, la vertu suprême de l'orateur c'est de plaire; un mot malsonnant dans le discours est un délit encore plus grand que l'imprudence dans la pensée. Vous portez une toge, je veux qu'elle soit de la plus belle étoffe et de la plus éclatante couleur écarlate. Tu vas combattre, sois armé de toutes pièces; car l'éloquence est un art qui se compose d'un nombre infini de préceptes. Sais-tu à fond en quoi consiste le style simple et le style figuré? sais-tu quand tu dois chercher une image ou la rejeter? Saurais-tu te reconnaître dans l'armée des *similitudes?* les similitudes de *fond*, les similitudes de *forme?* Comment donc entends-tu l'*ensemble*, les *parties*, les *caractères propres*, les *différences*, les *contraires*, les *conséquences*, les *analogies*, en un mot tout le répertoire des lieux communs chez les rhéteurs? Avant de vous hasarder dans ce travail nécessaire sachez distinguer, l'une de l'autre, les trois espèces de style, et surtout les trois genres d'éloquence, le *démonstratif*, le *délibératif* et le *judiciaire*, et encore, notez bien que désormais il faut nous en tenir à l'éloquence des panégyriques ou des plaidoiries; il n'y a plus, à Rome, d'orateurs que pour louer le maître, ou pour défendre des clients; la grande éloquence, l'éloquence politique, celle qui *délibère* a été supprimée par l'empereur Auguste et les autres Césars. Ah! jeune homme qui commences avec tant d'ardeur sincère, prends garde, non-seulement à la grandeur de tes pensées, mais encore à la richesse et à la beauté des paroles qui doivent leur servir de manteau. Prends garde à bien choisir les moindres expressions sorties de ta bouche; je les veux sonores, cadencées, retentissantes, pareilles à l'harmonie des oiseaux au printemps. Si tu veux que ta voix se fasse entendre dans le bois sacré de l'éloquence, dans tous les mots vraiment latins dont ta mémoire est remplie, apprends à choisir les mots convenables et nuancés de leur couleur naturelle : méfie-toi des mots nouveaux et des médailles frappées de la veille; on rencontre dans nos vieilles monnaies moins de pièces fausses et moins d'alliage. Qui donc méprise une pièce d'or à l'effigie d'Auguste? Choisis donc des mots à la vraie marque romaine, en redoublant d'élégance, d'à-propos, de justesse; puis, quand tu t'es rendu maître de tes expressions bien latines, mets-les dans leur vrai jour, et ne va pas les jeter, pêle-mêle, dans ton discours, comme autant de quolibets mal appris que l'on jette où l'on peut, dans l'ivresse d'un festin : c'est pourquoi il faut savoir l'ordre, la valeur, l'âge, la noblesse de chaque mot; il faut savoir aussi comment on peut répéter le même mot trois ou quatre fois, et même davantage, jusqu'à ce que l'on ramène habilement toute la période sur un point fixe. Allons, je vois que tu es le maître de tes paroles; il faut à présent les pousser d'une main ferme, à la bataille : mais si, chemin faisant, tu rencontres des auxiliaires, ne méprise pas les mots de bonne volonté, et renforce ta phalange. Une fois réunis, marchez! marchez au pas de course! marchez au même but! et les mots qui se traînent en chemin, force-les à te suivre, afin que tu ne restes pas bouche béante, à attendre qu'un mot te pleuve du ciel comme le Palladium. Cultive aussi les maîtres qui t'ont précédé dans la carrière, pratique amoureusement ces grandes âmes des meilleurs siècles, étudie-les avec zèle, avec respect, avec cette vertu philosophique et généreuse qui vient à bout des plus rudes tâches, car chacune d'elles a son mérite et son génie. Caton, c'est le soldat dans la mêlée qui frappe à droite, à gauche, et sans rien craindre; Cicéron, dans sa rapide fécondité, c'est le fleuve que rien n'arrête; Gracchus, la tempête mêlée de tonnerre et d'éclairs; Calvus, la chicane! Étudie-les pour leur génie et parce que c'est l'office des gens de bien de peindre les vertus de façon à les faire aimer. — Pour mieux faire, il ne faut pas négliger les philosophes de ces vieux temps-là : emprunte sa clarté à Zénon; à Socrate, ce rare effort de la nature, prends sa logique, à Pythagore son accent solennel. Jeune homme qui te mêles aux sacrifices du printemps sacré, ne méprise pas les poëtes; ce sont de grands artisans dans l'art de l'éloquence : Plaute, Ennius, Lucrèce, Labérius et tous les autres, dans les sujets rustiques, bouffons, satiriques, nous offrent de merveilleux modèles; surtout, si vous voulez éviter de passer à l'état de bateleur, si vous avez horreur du métier de bouffon et de faiseur de pirouettes, digne de servir de marionnettes dans les jeux publics, charlatans que l'on fait taire ou parler pour un morceau de pain[1], tenez-vous à cette ombre sérieuse et puissante, à l'ombre de Cicéron, le maître de l'éloquence romaine. Jamais aucun homme, né ou à naître, n'a porté plus loin la beauté du langage; jamais, avant ou après lui, on n'a fait un emploi plus complet et plus magnifique des images, des paroles, de la décence et de la grâce dont resplendit son discours. A chaque page de cet écrivain irréprochable vous retrouvez le souvenir vivant de la Grèce et de l'ancienne Rome; cette prose charmante, qui prend son accord tantôt au son harmonieux des flûtes et des hautbois, instruments de paix, tantôt au cri aigu de la trompette des guerres civiles, brille du vif et pur éclat des diamants et des perles de la poésie d'autrefois; c'est qu'en effet ce grand artiste savait ciseler et monter les diamants de l'éloquence avec un art qui laissait bien loin les plus habiles lapidaires. Pendant que l'orateur médiocre se contente des premiers mots qui se présentent, pourvu qu'ils soient à peu près bons, le grand orateur ne se contente pas même des bons s'il en est de meilleurs. — Ainsi parle le maître Quintilien : mais comment osons-nous faire ce résumé de tous les conseils qui attendaient un jeune homme bien né, dans l'école, au sortir de l'école, et dans tous les efforts de sa vie? Un seul fait peut nous donner une idée juste, sinon complète, des soins incroyables que prenaient les Romains de cette langue dont ils étaient aussi fiers que de leurs victoires, et c'était à bon droit; car bien parler pour un peuple si grand, c'était la plus difficile de toutes les victoires. Dans sa première occupation des Gaules, au milieu de ces batailles de géants, dont il devait être à la fois l'historien et le héros, Jules-César écrivit avec un soin minutieux deux livres sur l'*analogie* sous un nuage de traits volants de toutes parts; il s'occupait des déclinaisons des noms et de la formation des mots, au bruit des clairons et des trompettes : « Ce qui est peut-être pousser trop loin une semblable occupation, » comme disait La Fontaine au prince de Conti[2].

[1] Aulugelle, Lettre I, § 15.
[2] Lettre. 1684.

Et quand enfin vous serez parvenu au bout de toutes ces études, qui n'auront pas d'autres bornes que les bornes de votre vie, vous ne serez encore qu'un orateur médiocre, si vous n'avez pas le génie, la flamme intérieure, le *mens divinior;* et même en vous supposant le génie, il vous faut encore les qualités extérieures de l'éloquence : le geste, le regard, l'animation, la voix, la voix surtout. — On ne la veut ni embarrassée, ni enchaînée, ni difficile, ni brisée, ni discordante, on la veut parfaite, c'est-à-dire déliée, facile, pleine, sonore, telle enfin qu'elle puisse donner la vie à ce qu'il y a de plus populaire dans la pensée, de plus brillant dans la parole, de plus séduisant dans les images, de plus hardi dans la métaphore, de plus ardent et de plus châtié dans la composition oratoire. Le peuple attend, il faut lui parler avec véhémence; le sénat t'écoute, que tes discours s'élèvent par la majesté même de l'assemblée : ou bien s'il s'agit d'une cause particulière et capitale, je veux que tu appartiennes tout entier à ces graves intérêts et laisses là, pour un instant, ta parure oratoire. Sois réservé, sois habile; recherche avant tout les expressions honnêtes et bien sonnantes; ne va pas à l'aventure, comme les *têtes placées je ne sais où* (*caput nescio ubi impositum*), qui s'agitent dans le vide, au son banal des mélodies efféminées qui remplissent les carrefours; en un mot, si tu veux obtenir ce grand prix, le *prix de l'âme*, sois un homme digne d'entendre et d'aimer tout ce qui est le génie, la liberté et la vertu, la gloire enfin! Rappelle-toi cette satire où le vieux Lucilius flagelle d'un fouet ardent ces bandes d'avocats, mêlés, nuit et jour, aux oisivetés du forum et dont la vie se passe à faire assaut de flatteries, de fourberies, à se dresser, l'un l'autre, d'horribles embûches, comme feraient des ennemis dans une bataille! La louange n'est pas là, mon enfant. — Tu n'envies pas les louanges, me dis-tu. Ah! jeune homme inconsidéré, prends garde; il y a péril pour toi dans ce précoce dégoût de la louange; mais sans la passion de la gloire, il n'y a pas d'éloquence; c'est le premier vêtement de l'orateur, c'est le dernier dont il se dépouille. « Quand j'ai parlé » avec talent, je me complais avec moi-même, » disait Marc-Aurèle à son vieux maître Fronto, et celui-ci, oubliant ses habitudes de rhéteur, répondait à son disciple : « Plus tu parleras en homme » de bien, et plus tu parleras en César ! »

Ces détails de l'éducation romaine, à cette époque de l'histoire du monde, s'augmentent de je ne sais quel intérêt douloureux, quand on songe à toute la douleur, à l'horrible malaise, dont ces tristes époques sont remplies. Dans la France de nos jours, dans ce merveilleux pays de toutes les libertés, unies à toutes les majestés, quand l'avenir appartient à chacun de nous, quand toutes les routes sont libres à qui sait marcher dans l'austère ligne droite, quand notre tribune appelle tous les courages, notre église toutes les inspirations, nos chaires publiques tous les genres de génie et de talent; quand notre barreau grandit, chaque jour, en autorité et en puissance, sous la majesté des juges et la libre inspiration des avocats; lorsque la poésie, affranchie de tous ses liens, s'en va par le monde, échevelée et le sein nu, à la recherche de l'ode, de la tragédie, du drame, de la chanson; en un mot, dans ce vaste royaume de toutes les opinions généreuses, où chacun peut être appelé à prendre sa part dans le règne universel, par la pensée, par la parole, par le talent, par l'égalité souveraine d'un peuple intelligent et fier, à coup sûr on ne s'étonne pas que ce grand art de l'éloquence soit remis en honneur; c'est notre vie, c'est notre espoir, notre orgueil, notre force, et, après tout, nous sommes les enfants de ces vieux Gaulois qui revêtaient la statue de leur Hercule de la robe triomphale, et le saluaient, ainsi vêtu, comme le dieu de l'éloquence, ou, si vous l'aimez mieux, de la force souveraine. Mais que des Romains de l'empire, des proscrits fils de proscrits, des contemporains de Juvénal, de Tacite et de Suétone, lorsque autour d'eux tout est mort ou tout succombe, se condamnent à ces rudes travaux de l'art oratoire, que ces enthousiastes généreux oublient tant de servitudes et de misères, dans la contemplation des orateurs d'autrefois, que ces héros de la paix saluent, en passant, l'image de Cicéron décapité, voilà ce que nous ne saurions poursuivre de trop d'admiration, de trop de louanges, nous autres, les Athéniens d'un siècle d'égalité, de liberté, de bonheur! Songez, en effet, à tant de princes qui, depuis Auguste seulement, ont été sans langue et sans voix, muets comme le poison et le poignard! Depuis l'époque où les *magistrats annuels*, car on n'ose plus dire les *consuls*, les *censeurs*, les *préteurs*, ont été remplacés par la domination d'un seul, à quoi bon l'éloquence? L'empereur Auguste conserva l'éloquence pour son usage personnel, et comme un des nombreux priviléges qu'il s'était réservés; c'était renverser le rempart de toutes les libertés anéanties. Plus de délibération du sénat, plus de décret du peuple; la forme républicaine fut seule conservée et elle resta dans l'éloquence, mais en modérant sa gloire. Tibère hérita violemment de quelques lambeaux flétris et sanglants de ce grand art, qu'il étouffa d'un geste. — Le silence fut désormais une divinité muette et sourde, et sacrifiant des victimes humaines sur les autels de la peur. — Jusqu'à Vespasien (et encore!), les empereurs qui sont venus après Tibère, quels hommes ont-ils été? La honte de leur langage égale le dégoût de leurs mœurs et l'horreur de leurs crimes! Vous appelez ces monstres, des hommes faits pour commander à des hommes! Ils commandaient, d'un geste muet, comme les histrions; ils commandaient, par interprète, comme les barbares! Muets au forum, muets au sénat, ils appelaient le silence à leur aide, s'il fallait formuler un édit ou dicter une lettre. Misérables! comme si l'empire ne se composait pas tout à la fois de l'autorité et du discours! comme si régner ce n'était pas en même temps commander et choisir!... Mais voilà ce qui devait arriver avec vos empereurs héréditaires; ils venaient au monde comme le poulet sort de sa coquille, tout emplumé et piaulant le réveil matinal. Ces maîtres ne s'amusèrent plus à étudier l'éloquence dans les historiens et dans les orateurs, ils étaient éloquents dans le ventre de leur mère, ils recevaient d'une sage-femme l'éloquence et l'empire — et c'est peut-être pourquoi, à certains moments critiques, on faisait sortir du sénat l'image de Caton le censeur, comme si le sénat respectueux eût voulu lui épargner le spectacle de toutes ces hontes.

Dans les lettres de Pline on retrouve, à chaque pas, les traces vivantes de ces études, de ces essais, de ces combats: *disputa-*

tio fori; il fut tout de suite cet homme de toutes les heures [1], dont la porte est ouverte depuis le premier chant du coq jusqu'à l'heure la plus avancée de la nuit. Quintilien, son maître, l'avait dit assez souvent à ses disciples [2] : « L'avocat et le général ont le même » devoir; vous vous levez avant le jour pour répondre à des plai- » deurs, lui pour conduire les soldats au rendez-vous qu'il a » désigné; vous préparez votre plaidoyer, il sait disposer sa ba- » taille; vous protégez l'honneur, la fortune de vos clients, pen- » dant qu'il veille sur la fortune et sur l'honneur des cités. » Oui, mais avant d'être général il faut faire ses premières armes dans la bataille oratoire. Pline le Jeune, docile aux conseils de son maître, commence par des causes modestes, il étudie, il hésite, il consulte, il entre dans l'arène, — c'est l'usage depuis long-temps! — par un procès criminel; il s'agissait de prendre la défense des esclaves d'un sénateur qui avait été trouvé mort dans son lit. On a appliqué les esclaves à la torture, ils n'ont rien révélé, et cependant on demande ce qu'il faut en faire. Les avis sont partagés dans le sénat; les uns votent pour l'absolution, ceux-ci pour le bannissement, ceux-là pour la mort! Et comment accorder ces avis si divers? « Je soutenais, dit Pline, que chacune des trois opinions devait être séparément comptée, que ceux dont les voix allaient à la mort devaient être séparés de ceux qui se contentaient d'un bannissement, et que, pour nous priver du bénéfice de ces contradictions qui nous sauvaient, ils ne formassent pas ensemble un seul et même parti contre ceux qui voulaient absoudre! » Ainsi il sauve ces malheureux, du bannissement ou de la mort.

Plus tard, les Bithyniens intentent une accusation contre Julius Bassus, leur gouverneur. Pline se chargea de répondre à l'accusation. Ce Bassus était un homme illustre par les disgrâces de sa vie; une première fois il avait été accusé et acquitté, mais non pas sans conteste. A peine de retour de son gouvernement de Bithynie, il fut accusé de malversation; vivement pressé, fidèlement défendu, il y

[1] Ainsi on appelait Asinius Pollion.

[2] *Institution oratoire*, liv. IX, ch. III.

eut partage entre les juges. « Bassus m'avait chargé de jeter les fondements de son apologie, et moi je me mis à prendre corps à corps les délateurs; je montrai mon client exposé à des injures incessantes, à des haines abjectes, et je prouvai que ce n'était pas une condamnation qu'il devait attendre, mais bien une récompense. » Il est fâcheux que, des plaidoyers de Pline, écrits avec tant de soin et d'élégance, pas un n'ait été sauvé. Encore aujourd'hui l'on voudrait savoir par quelle habileté le jeune avocat a pu démontrer, à des juges prévenus, que le gouverneur était dans son droit lorsqu'il acceptait tant de présents de sa province? « Implorer la miséricorde des juges, c'était mettre le poignard sous la gorge de l'accusé; défendre une action digne de blâme, c'était me déshonorer sans le justifier. » Que fit-il? Il prit un moyen terme; il fallait parler deux heures, il parla trois heures, un peu à côté de la question, et enfin « la nuit vint qui finit le combat judiciaire » et mon discours. » Le lendemain, l'accusation répliqua au discours de la veille, et c'est là que nous attendions le jeune orateur. Rassurez-vous, sa cause est bonne et il y tient; il a dit la veille tout ce qu'il avait à dire, et il sait déjà : « qu'il y a témérité à ne pas se contenter de ce qui nous a réussi une première fois! » Cependant l'accusé veut que l'on réponde, et il supplie son défenseur de ne pas le laisser sous le coup de la seconde accusation; Pline y consent enfin, « et je trouvai dans les esprits une attention si neuve et si vive qu'ils paraissaient plutôt mis en goût que rassasiés par le discours précédent. » — Il fut si éloquent, en effet, qu'il gagna cette mauvaise cause, même en la perdant, grâce à un compromis, qui laissait, tout au plus, l'accusation en suspens. — L'affaire fut renvoyée devant les juges ordinaires, c'est-à-dire, devant le tribunal civil, et cette accusation infamante prit la tournure d'une affaire d'argent. Après l'arrêt, Bassus se vit entouré avec de grands cris et de grandes démonstrations de joie; pendant que les vieux sénateurs blâmaient tacitement cette sentence, qui n'était pas dans les mœurs d'autrefois.

Un autre jour, et c'est un des heureux souvenirs de sa vie, Pline et Tacite, l'écrivain des *Annales*, son ami le meilleur, sortis l'un et l'autre, mais à dix ans de distance, de l'école de Quintilien, s'étaient chargés d'une cause immense. Marius Priscus, proconsul d'Afrique, accusé par les Africains, et se fiant sans doute à l'arrêt qui avait sauvé Bassus le proconsul, s'était borné à demander que sa cause *fût civilisée*. Alors se lèvent nos deux jeunes gens, Pline et Tacite, et, au nom de toutes les lois divines et humaines, que Priscus a violées, ils s'opposent à ce changement de juges. Cette fois, disent-ils, rien ne peut soustraire le sénat à la nécessité de juger, par lui-même. Là-dessus les plaidoiries commencent. L'avocat du proconsul, très-savant dans l'art de tirer des larmes, supplie le sénat de renfermer l'accusation dans une occasion de péculat; Tacite et Pline s'obstinent à en faire une accusation capitale. Leur avis l'emporte enfin : ils obtiennent que les témoins seront entendus, qui attesteront que l'accusé a vendu la fortune et la vie de ses administrés. On touchait au mois de janvier, celui de tous les mois de l'année qui rassemble à Rome le plus de monde; le sénat, au grand complet, était présidé par l'empereur. « Imaginez-vous quels sujets » d'inquiétude et de crainte pour Tacite et pour moi, qui devions » porter la parole devant cette auguste assemblée. » L'accusé était d'ailleurs un vieillard, un homme consulaire qui n'avait plus de sang ni au cœur ni aux veines; il était entouré d'une grande famille. Mais rien ne put arrêter ces deux esprits intrépides, qui avaient pour client tout le peuple d'Afrique. Le plaidoyer de Pline dura cinq heures, et il parla si bien que, plus d'une fois, l'empereur inquiet lui fit dire par un affranchi de ménager ses forces. Après lui parla Tacite « avec beaucoup d'éloquence, » et il fit éclater dans toute sa vigueur ce beau génie qui devait produire tant de chefs-d'œuvre. Pline a raison, c'était là tout à fait un spectacle digne de l'ancienne Rome : le sénat réuni durant trois jours et ne se séparant qu'à la nuit; l'empereur juge de la loi qui juge tout, le peuple qui écoute, la voix de Tacite, cette voix puissante qui éclate au milieu de cette auguste assemblée étonnée de ces mâles accents! A la fin, l'accusé fut déclaré indigne d'exercer aucune magistrature à l'avenir. Pline et Tacite reçoivent en même temps les justes éloges du sénat et de l'empereur. — Quelle triste condamnation!

» s'écrie Pline avec son bon sens accoutumé. Voilà un homme qu'on » laisse enchaîné au travail du sénateur, sans qu'il puisse jamais » en retirer l'honneur! Voilà un malheureux, déshonoré par ses » pairs, qui n'a pas le droit de cacher sa honte au fond d'un dé- » sert; mais, au contraire, il est forcé de la donner en spectacle! » Mais quoi! on ne pèse pas les voix, on les compte, et parmi les » membres du sénat, si tous n'ont pas les mêmes lumières, chacun » a la même autorité! »

Plus d'une cause moins importante mérite cependant qu'on s'en occupe. Marcellus, qui était questeur dans une province reculée, perd son commis, dont il avait reçu les appointements d'avance. A son retour, Marcellus demande à l'empereur ce qu'il doit faire de cet argent? D'un côté les héritiers du mort réclament, de l'autre côté c'est le trésor public. — Atilius Crescens, un enfant du lac de Côme, avait prêté de l'argent à Valérius Varus; Varus est mort, et Crescens en est réduit à s'écrier : Varus, rends-moi mon argent! — Point de titre. — Pline s'adresse à Maxime, l'héritier de Varus, et cette juste cause, plaidée dans une lettre, est gagnée de point en point. Cette plaidoirie courante de chaque jour eut bientôt lassé l'habile orateur, qui, peu à peu, s'est habitué aux grandes luttes du barreau. « Je commence à me lasser de plaider devant les décemvirs [1]; la peine passe le plaisir, et rarement trouve-t-on une cause qui, par l'intérêt du procès ou par la qualité des plaidoiries, mérite dans le public quelque attention et quelque sympathie. Encore si l'on avait à qui répondre, mais ce tribunal malencontreux est livré en pâture aux enfants! Quand j'étais sur les bancs, c'était encore un honneur très-recherché, d'être admis à ce tribunal, et il fallait être présenté par un sénateur; aujourd'hui le premier venu est accepté, non-seulement lui, mais encore une queue d'applaudisseurs gagés qui s'extasient, à tant par tête, sur l'éloquence du patron qui leur donne à dîner. C'était un des chagrins de Quintilien mon maître. — *Ah! c'en est fait de l'éloquence,* disait-il. » — A chaque instant Pline revient à ce maître,

[1] Livre III, lettre XIV.

dont le souvenir est présent dans toutes les actions de sa vie. — « L'éloquence, disait Quintilien, se compose de ces trois choses : » lire, écrire et parler ; trois choses inséparables à ce point, que, » celle-ci négligée, les deux autres vont manquer par ce fait [1]. » Aussi notre jeune homme lisait, il parlait, il écrivait. Un certain sentiment, dont il ne pouvait pas se rendre compte, le poussait à étudier l'histoire et à suivre, dans leur sillon lumineux, les grands écrivains qui, les premiers, avaient débrouillé les origines italiques et l'enfance des premiers peuples latins. Son amitié pour ce grand tragédien qu'on appelle Tacite, ses liaisons avec Suétone, le Dangeau funèbre du palais des Césars, l'intérêt immense des événements et des hommes, seulement depuis Actium, le conseil de ses amis et cette admirable façon de prolonger son nom dans l'avenir, tout le portait à cette étude sévère : « Je n'ai jamais mieux senti, que ces jours passés, la force, la hauteur, la majesté, la divinité de l'histoire. » Or voilà ce qui était arrivé, en effet. Tacite lisait à quelques amis une de ces pages vengeresses qui ont été le plus cruel supplice des tyrans. Tout à coup, de ce cercle d'amis, un homme se détache et, se mettant à genoux devant l'historien, il le conjure de ne pas aller plus loin ! « Tous ceux qui n'avaient » pas rougi de faire ce qu'ils entendaient, rougissaient d'entendre » ce qu'ils avaient fait ! » — La réflexion est de Pline. — Tacite ferma le livre, mais à quoi bon ! le crime reste et aussi l'histoire. Et plus loin : « Le grand bonheur, s'écrie-t-il, d'assurer l'immortalité à ceux qui ne devraient jamais mourir et de rendre son » propre nom immortel ! Les harangues, les poésies ont peu de » charme, sinon les excellentes, l'histoire plaît de quelque façon » qu'elle soit écrite. » Mais ce besoin d'applaudissements et de louanges, sa passion pour le barreau, la nécessité où il se trouvait de revoir et de retoucher ses plaidoiries, « s'il ne veut pas *s'exposer à perdre un travail qui lui a tant coûté*, » ce sont là autant de motifs qui l'ont empêché de mêler la *branche de houx* aux fleurs de la couronne de papyrus ; il laisse à d'autres, plus patients, le bonheur

[1] *Institution oratoire*, liv. X, § 1.

de cette contemplation des générations passées et de leurs travaux accomplis [1].

Il laisse à Tacite son vin, son sel, ses victimes, ses grandes enjambées à travers la voie Appienne, la reine des routes, et ses longues méditations sur les bords de ce Tibre ensanglanté, dans les rues de cette Rome encombrée de vices et de statues, sur les ruines de ce Capitole, la tête éclatante [2] du monde romain. Encore une fois il laisse à d'autres les travaux, les ambitions, les fatigues de l'histoire; il veut vivre, tout entier, par l'éloquence, pour l'éloquence. Seulement, si de temps à autre on veut lui permettre de revoir, de retoucher ses plaidoiries et de les lire à ses amis, ou, pour parler comme les Parisiens de Rome, si on veut lui permettre de *mettre toutes ses navigations en tempêtes* par un beau temps, il s'estimera le plus heureux des hommes. Quelle joie, en effet, d'attirer, sous le portique de Pompée, sous le portique d'Octavie, dans ces jardins dédiés à Vénus, ou dans cette bibliothèque d'Apollon fondée par Auguste sur le mont Palatin, la fleur de la jeunesse romaine, les beaux jeunes gens, les riches affranchis, les clients qui suivent le patron, les vieillards qui sont restés amoureux de jeune poésie, et d'obtenir leurs suffrages pour les plus chers enfantements de notre courage et de notre génie! Depuis qu'ils ont ruiné Carthage et conquis la Grèce, et surtout depuis que la puissance intellectuelle a remplacé la puissance politique, les Romains se piquent d'aimer les lettres; Cicéron a plaidé pour le poète Archias, le grand Pompée fit un citoyen romain de Téophane de Mytilène, qui avait écrit l'histoire de ses batailles; Marius lui-même, ce sauvage, recherchait l'amitié des poètes; Auguste avait donné l'exemple de ce respect pour la poésie lorsqu'il fit ses amis, d'Horace et de Virgile; Rome entière, la Rome élégante, la Rome des passions, du paradoxe et de l'amour, a vécu, longtemps, des passions et des élégances de ses poètes favoris, Ovide, Catulle, Properce, Phèdre, Tibulle, Gallus; Térence était l'ami de

[1] *Alterius spectare laborem.*

[2] *Capitolium fulgens.*

Scipion et de Lélius, si bien qu'au milieu de l'orgueil, de l'insolence et de l'égoïsme romains la position des poètes était respectable et touchante. Ces pauvres gens marchaient les égaux du consul, ils faisaient passer, avant la fortune, le bruit et la gloire; leur triomphe et leur grand bonheur, c'était de lire leurs poèmes en public et de tenir attentif, à quelque récit de l'autre monde, ce peuple romain occupé de tant d'affaires. Malheureusement la *récitation* (c'est l'histoire de tous les vers!) avait fini par devenir un des fléaux de la ville; en vain le poète cherchait une maison honorable qui voulût abriter sa poésie et son auditoire, en vain il affichait son poème sur les murailles, en promettant..... tout ce qui fait une odyssée, en vain il se posait comme la pythonisse sur le trépied : à moins que le lecteur ne fût un homme considérable, l'assemblée était rarement complète. Hélas! dans ce forum où les plus belles plaidoiries se succèdent et se détruisent, comme les saisons, combien nous sommes loin de ce *ciel de la poésie où les muses chantent pendant que Jupiter écoute!* Ce jeu des poètes est devenu une seconde danse pyrrhique, lorsque les danseurs, vêtus, ceux-ci d'écarlate, ceux-là de safran ou de blanc, ou de pourpre, courent et se mêlent, et s'entrelacent, les uns les autres, dans une ronde haletante qui s'agite et tournoie au hasard.

Cet exercice de la lecture en public, si Pline le Jeune y tient encore, c'est que son maître lui-même en a fait une loi dans l'Institution oratoire : car « la harangue sur le papier est l'original, » le modèle du discours que vous allez prononcer [1]; mais ce n'est » pas tout le discours. » Et autre part [2] :

« Les déclamations de l'école sont très-utiles, non-seulement aux » jeunes orateurs, mais encore à des orateurs consommés et déjà » célèbres au barreau. Ces déclamations sont comme une nourri» ture succulente qui donne de l'embonpoint et de l'éclat à l'élo» quence, la rafraîchit et renouvelle sa sève épuisée par les débats » judiciaires. » Vous le voyez, tout convient à la perfection de l'élo-

[1] Livre I, § III.
[2] Livre X, § I.

quence; le travail à tête reposée et l'improvisation, la parole écrite et la parole parlée, le style abondant de l'histoire et la vivacité du dialogue. « Et même, ajoute Quintilien, l'orateur peut très-» bien, sans que j'y trouve à redire, se permettre quelques délas-» sements poétiques, à l'exemple des athlètes qui, de temps à » autre, interrompent leurs exercices les plus violents pour se » donner un peu de bon temps; toutefois prenez garde de tenir » trop long-temps l'éloquence dans le fourreau, et méfiez-vous des » procès imaginaires plaidés devant un tribunal d'amis complai-» sants. » Quintilien rappelle, à ce propos, l'accident survenu au célèbre professeur Porcius Latron, un jour qu'il était appelé à plaider, dans une véritable audience, en plein public. L'aspect du ciel lui parut si nouveau, que notre homme, muet tout à coup, demanda comme une faveur, que l'audience fût transportée dans un palais voisin. On eût dit que son éloquence ne pouvait vivre que sous un toit et renfermée entre quatre murailles. — Écrire des vers : voilà encore de ces conseils auxquels notre Pline a été obéissant toute sa vie. Avec la permission de son maître, il a fait des déclamations en public, il a écrit des dialogues, il a écrit des pages d'histoire, et surtout il a écrit des vers. En un mot il a fait un peu de toutes ces choses qui s'écrivent, comme disait un autre rhéteur de la même époque, *le bec en l'air* [1].

Rien n'est plus charmant à suivre que ce jeune homme, dans les premiers essais de son génie en fleur; jamais un jour plus serein n'a brillé, à son aurore, d'une lumière plus doucement commencée, et, par ce qui nous reste de ses jeunes efforts, on peut juger de ce qu'étaient encore les oreilles des hommes de ce temps-là. « Tirez-moi d'embarras [2]. On me dit que je lis mes » vers bien plus mal que je ne déclame mes harangues : j'au-» rais bonne envie de faire lire mes poésies par mon affranchi qui » les sait par cœur. Mais, pendant qu'il récitera mon poème, » quelle figure vais-je faire dans l'assemblée? Faut-il rester assis,

[1] *Non supino rostro scribenda.*
Pline, livre IX, lettre XXXVI.

» les yeux baissés, comme un homme qui n'est là que pour entendre, ou bien ai-je le droit d'accompagner cette récitation de l'œil, du geste et d'un petit grognement de satisfaction? Tirez-moi d'affaire, en me disant s'il ne vaudrait pas beaucoup mieux lire, très-mal, mes propres vers. »

Il paraît, en effet, qu'il ne s'en fiait qu'à lui-même, sur le soin de lire ses vers....... et sa prose. Avant tout, pour trouver des amis bienveillants, il commençait, avec eux, par la bienveillance; il ne les accablait pas de ses compositions, comme un lecteur mal appris qui vous assassine des œuvres de son génie, mais, au contraire, il s'y prenait adroitement : il choisissait son jour, son auditoire, le lieu, l'occasion et l'à-propos. « Je suis persuadé que dans les études comme dans la vie[1] rien n'est plus convenable et plus séant à un homme d'esprit que de mêler l'enjouement au sérieux, de peur que l'un ne dégénère en tristesse et l'autre en folle joie. Voilà pourquoi je me repose, par des bagatelles, des œuvres les plus sérieuses; et comme il me faut un auditoire même à table, j'ai choisi le mois de juillet pour faire, à ceux que j'aime, mes confidences poétiques. C'est le mois des vacances, j'ai soin que ma maison soit pleine de fraîcheur, mon jardin plein de fruits, que les siéges soient commodes et que toutes les facilités de la vie heureuse viennent en aide à mon poëme. »

Les gens dont il aimait à s'entourer avaient l'esprit agréable, poétique, et d'une complaisance si grande, en échange de tant de prévenances, que souvent la lecture durait plusieurs jours : « Pendant que les autres lecteurs passent sous silence grand nombre de pages dans leurs poëmes, je ne passe rien; je lis tout, pour tout corriger, c'est ma façon de montrer à mes amis toute ma confiance, et, en effet, il faut bien aimer les gens pour ne pas craindre de les fatiguer. Au reste tant pis pour celui qui aime mieux trouver, dans l'ouvrage d'un ami, la dernière perfection, que de contribuer à la lui donner. » Ce qui ne l'empêchait pas, même au milieu de ces joies poétiques, tant il

[1] Livre VIII, lettre XXI.

était peu l'esclave de ses passions, de s'arrêter court dès qu'un de ses clients avait besoin de lui. « Je commençais à faire ma lec- » ture, lorsque l'on vient me chercher pour une cause peu impor- » tante; aussitôt je ferme mon cahier et prends congé de mes » amis : ils savent fort bien qu'il n'est pas d'un galant homme » de donner la préférence au plaisir sur les affaires. » On n'est pas plus charmant que cela!

Ce n'est pas que ce digne artiste n'ait été exposé parfois aux railleries réservées à toutes les âmes honnêtes qui aiment la gloire, mais il avait réponse à toutes les objections. Par exemple, on trouvait étrange, dans quelques salons de Rome, que Pline se mît à lire les plaidoyers qu'il avait déjà prononcés. — A quoi bon revenir sur une émotion déjà oubliée? Tu as gagné ton procès, ou bien tu l'as perdu, et maintenant que me fait ce discours, que te fait, à toi-même, notre blâme ou notre louange? Autant vaudrait *jeter des parfums sur des lentilles*, disait Varron. — Eh bien! parler ainsi, ce serait de la déclamation toute pure. Les anciens mettaient, à plus haut prix, le travail oratoire, ils seraient morts de douleur s'il leur eût fallu renoncer, à tout jamais, à tant de chefs-d'œuvre d'inspiration, de zèle, de talent, de courage que les rois de notre barreau, les deux Dupin, Chaix d'Est-Ange, Berryer, abandonnent, vainqueurs dédaigneux, à la renommée qui à peine sauve l'écho de cette parole infatigable, et renaissante toujours! Non! non! les orateurs d'autrefois estimaient l'éloquence un trésor trop précieux pour le semer, çà et là, comme l'eau des fontaines; la cause qu'ils avaient plaidée n'était jamais définitivement perdue ou gagnée, que lorsqu'ils avaient sauvé leur plaidoirie de l'indifférence et de l'oubli. Quand il a prononcé son admirable *Pro Milone* et que Milon est parti pour l'exil, Cicéron se remet à l'œuvre comme s'il s'agissait de la vie et de la liberté de son client; il refait sa plaidoirie, d'un bout à l'autre, et Milon s'écrie, sur l'autre bord de la Méditerranée : « S'il avait plaidé comme il a écrit, je ne mangerais pas de si bonnes barbues à Marseille! » Ces *citoyens romains de naissance* aimaient la gloire autant que la vertu. Leur opinion était celle-ci (écoutez-la sans la trop blâmer, cette opinion a fait de grands citoyens!), que celui qui aime mieux être honnête homme, que de le paraître, a rarement la fortune favorable. Ce qui veut dire : celui qui néglige la réputation de la vertu, néglige bientôt la vertu elle-même; comme aussi celui-là ne fait pas de grands efforts pour acquérir de grands talents, qui s'inquiète peu que l'on sache qu'il soit, ou non, un homme de mérite. Laissez donc Pline lire ses plaidoyers devant un public de son choix, et loin des railleurs à nez de rhinocéros (*nasuti*), vous aurez une garantie de plus des soins, du zèle et de l'ambition généreuse de l'orateur. D'ailleurs il a besoin de cet *auditoire d'appel*, comme la tragédie a besoin de ses comédiens et de son théâtre, comme l'ode a besoin de ses instruments et de ses chanteurs. Les vieux Romains, les Grecs eux-mêmes, en usaient ainsi; ils se seraient bien gardés de confondre le feu qui brille dans l'âtre, et le feu qui brûle sur l'autel de Vesta, la plaidoirie appliquée aux affaires courantes, et le plaidoyer solennel, l'improvisation ardente et la sévère composition, pleine de cette obstination obstinée qui aspire à se placer sur le faîte de l'éloquence. — « Rassurez-vous, » s'écrie Pline, ce n'est pas la même plaidoirie que je vous » lirai; les auditeurs du lendemain ne seront pas les auditeurs » de la veille : écoutez-moi donc, et venez en foule pour m'entendre. Car le concours et le nombre des auditeurs apporte je ne » sais quel avis universel qui est d'un grand poids dans la perfection » d'une œuvre d'art; le goût, qui peut être médiocre dans chacun » en particulier, se trouve exquis dans une foule attentive! » — Tous ces détails vous montrent à quels scrupules s'abandonnaient ces excellents artisans de la parole, quelle était leur crainte, leur retenue, leur attention sur eux-mêmes, de quels périls était entouré le moindre ouvrage offert au public et comment ils s'essayaient à plaire toujours, et à tout le monde. — Respect à la plume! disait Cicéron. — Respect au public! disait Pline. — Le public! c'était un roi sans appel. Un écrivain de tragédies [1], quand ses amis désapprouvaient quelque scène qu'il leur lisait en petit comité : — «

[1] Pomponius Secundus

—J'en appelle au peuple, s'écriait-il. *Populum provoco.* Le peuple des œuvres choisies de Pline, c'était une assemblée de gens honorables, honorés, qu'il estimait séparément, autant qu'il les redoutait quand ils étaient réunis. — C'est Pline ou c'est Montesquieu qui appelle les plaisirs de l'esprit des *biens sociaux*.

Ces plaidoiries, prononcées avec tant de feu, écrites avec tant de soin, revues, corrigées, augmentées avec cette passion sincère de la gloire qui peut produire les plus grandes choses, le temps les a emportées dans un pli de son manteau, et nous en sommes à retrouver, en hésitant, des mots, des souvenirs! Dans sa défense de Julius Varénus, on citait ce mouvement oratoire. —Permettez-moi, disait l'avocat de la partie adverse, d'ajouter un seul mot! —Et l'avocat parle long-temps! —Je répondrais, dit Pline, si j'avais vu venir ce mot, tant annoncé, et qui devait jeter dans cette affaire un jour si nouveau! — A ce propos, il ajoutait : —J'ai appris, ce jour-là, qu'il y a souvent plus d'éloquence à se taire, qu'à parler! —Il raconte aussi qu'un jour il se présente à la basilique Julienne pour plaider dans une cause importante; déjà les juges étaient à leur place, les décemvirs étaient arrivés, la foule remplissait le tribunal, tout le monde avait les yeux sur l'orateur... Soudain arrive l'ordre du préteur de lever la séance. — Quel bonheur! Notre homme rentre chez lui, aussi heureux que l'écolier à qui l'on donne un jour de vacances! « Car je ne me sens jamais si bien préparé qu'un délai ne me fasse plaisir [1]! »

Une autre fois Pline, parvenu à toute sa renommée, devait porter la parole, et Rome entière s'était portée au tribunal; il arrive, la foule était si grande qu'il fut forcé de se frayer un passage à travers le tribunal même où les juges étaient assis. Un jeune homme eut ses habits déchirés dans cette mêlée, et il resta avec sa tunique en lambeaux, debout, pendant sept heures : « car je parlai pendant tout ce temps avec beaucoup de fatigue et encore plus de succès! » Voilà sa joie, et il ajoute : « Courage! Avec un peu de talent on trouve encore un auditoire et des lecteurs! Tâchez seu-

[1] Livre V, lettre XXI.

lement que le public ne manque ni de bons livres, ni de bons discours! » — J'aime aussi ce moment douloureux pour son âme, quand, au milieu d'une plaidoirie devant les centumvirs, les quatre chambres réunies, il vient à songer que de tous les jeunes avocats qui sont entrés dans la carrière en même temps que lui il est le seul qui soit resté à son poste : les uns sont dans la tombe, les autres sont dans l'exil; celui-ci s'est retiré accablé de vieillesse, celui-là a été pris de l'amour de la retraite; il en est qui commandent des armées, quelques-uns brillent à la cour du prince. — En si peu de temps, que de changements rapides! que de révolutions!

Qu'on me permette de citer ce passage d'une lettre admirable, qui est toute de circonstance dans ces temps d'élections où nous sommes; épreuves mauvaises pour le poëte, pour l'artiste, pour tous les gens qui ont besoin de l'attention publique, bonnes seulement pour l'ambitieux. Il s'agit de l'élection *par scrutin secret*, cette lâcheté qui faisait horreur aux bons esprits de Rome. — « Je » vous l'avais bien dit que ce mode d'élection par scrutin secret » amènerait quelque désordre [1]. Dans la dernière élection de nos » magistrats, on a trouvé, sur plusieurs billets, d'ignobles plai» santeries et de grossières injures; un des billets, qui devait » porter le nom d'un candidat, portait le nom de son patron! Aus» sitôt le sénat s'indigne, et porte ses plaintes à l'empereur, en » demandant justice! Mais allez donc découvrir l'insolent dans les » lâches ténèbres où il se cache, peut-être même était-il de ceux » qui criaient le plus haut. La sotte liberté, je vous le demande, » accordée à des gens qui, dans un intérêt de cette importance, » ne craignent pas de descendre à ce vil métier de calomniateur » ou de farceur! Un pareil homme se dit à lui-même : *Qui le* » *saura?* et, fier de cette impunité, sûr de l'anonyme, peu jaloux » de sa propre estime, cet homme écrit, sur son bulletin, tout ce » qui lui passe par la tête... des bons mots dont les halles et les » tréteaux ne voudraient pas! — Et qui pis est, le mal est sans

[1] Livre IV, lettre XXV.

« remède, à moins qu'une autorité, plus grande que la nôtre, ne « vienne en aide à notre faiblesse et à notre inertie! »

Quant à la partie poétique de cette vie laborieuse, il me semble, si nous en jugeons par quelques échantillons peu remarquables, qu'il ne faut guère regretter les vers de Pline; tout au plus valent-ils les vers de Cicéron lui-même. C'est un de leurs travers à tous ces grands hommes, l'honneur de la prose romaine, de vouloir réunir la double couronne, le chêne et le myrte, la fleur achetée chez la bouquetière et les guirlandes dont se parent les pontifes. C'est leur rêve à tous, de parer leur médiocre poésie [1], de toutes les images des vrais poètes, et ils ne sont jamais plus contents que si vous les comparez à un agriculteur laborieux qui, ne demandant que le grain et le vin à ses fermes, ne laisse pas que d'y cueillir des fruits et des fleurs :

De quoi faire à Margot, pour sa fête, un bouquet.

Il faut avouer d'ailleurs que les bonnes raisons ne leur manquent pas, pour se livrer, sans remords, à l'exercice puéril de ces bagatelles cadencées. Théophraste et tous les rhéteurs à sa suite recommandent à l'orateur la fréquentation des poètes; c'est là qu'il doit trouver le feu de ses pensées, la grâce et la force de la parole, la variété des sentiments, la justesse des caractères. Nous avons vu que Quintilien [2] conseille la poésie, comme un délassement excellent : d'où nos poètes ont conclu, par une fiction peu poétique, qu'il n'y avait pas de plus sûr moyen de fréquenter les poètes, que de se faire poète à son tour. De là tant de petits vers, échappés à l'oisiveté de tant de grands hommes. L'empereur Auguste en a fait, et même de très-jolis. Mécène, le poète efféminé des ruelles, un bel esprit qui gâtait, en se jouant, la langue d'Horace et de Virgile, que disons-nous? la langue de Lucrèce! avait rempli la grande cité de ses petits vers, perlés et mignards. Sur le trône les empereurs faisaient des vers; Néron lui-même,

[1] *Ornare versus.*

[2] Livre X, § 1.

dans les loisirs de ses vices, chantait ses poëmes à la lueur de l'incendie. Donc les exemples ne manquaient pas, et pour peu que les orateurs vinssent à oublier que la poésie est faite surtout pour le badinage, qu'elle vit de fictions et de prodiges, qu'elle est soumise à des règles exceptionnelles, on comprend qu'ils s'abandonnassent volontiers à cet enchantement qui reposait leur esprit, en flattant leurs oreilles de toutes sortes de mélodies que le vers emporte, comme il emporte le chant des oiseaux dans les bois. Quintilien n'avait pas passé sous silence ce danger des orateurs : « La » poésie, disait-il [1], est née pour l'ostentation, l'éloquence pour » l'utilité et le service, souvenez-vous de cela. Nous autres ora- » teurs, nous sommes des soldats sous les armes, et non pas des » danseurs de corde; nous combattons pour des intérêts impor- » tants, pour des victoires sérieuses. Il faut que nos armes frap- » pent et brillent en même temps, je leur veux l'éclat terrible du » fer, et non pas le poli efféminé de l'argent et de l'or! Fi de cette » *abondance lactée* qui annonce un style malade! Parlez, enfants, » mais parlez, *salva sanitate*, d'un style sain et fort. » Ainsi, il brise ces lyres inhabiles qui se sont couronnées des guirlandes fanées de Tibulle, d'Ovide et de Properce, frivole démenti donné au cuivre et à l'airain de Caton, de Salluste et de Jules César.

Cependant ne soyons pas trop sévères pour les poésies de ces grands hommes; Montaigne explique à sa façon, je veux dire d'une façon bienveillante et sage, ce petit travers des plus beaux et des plus rares esprits, à toutes les époques : « Si quelqu'un » me dit que c'est avilir les Muses que de s'en servir seulement » de jouet et de passe-temps, il ne sait pas, comme moi, ce que » vaut le plaisir, le jeu et le passe-temps! »

Sous ce titre modeste : *Endécasyllabes* (vers de onze syllabes), Pline avait composé un gros tome « de ces petites pièces galantes et délicates, propres à délasser des plus grandes occupations! » On s'y amuse, et ensuite, que sait-on? « Ces jeux, parfois, ne nous attirent pas moins de gloire que des écrits sérieux! » Puis il

[1] Livre X, § 1.

ajoute : — « On ne saurait croire combien ces petits ouvrages éveillent l'esprit et le réjouissent. » Et afin de joindre l'exemple au précepte, il écrit d'assez jolis petits vers, pour un homme qui a plaidé, la veille, pendant cinq ou six heures. On voit à chaque instant que la poésie était une des habitudes de son esprit et même il prend soin de nous dire que lui aussi, à l'âge de quatorze ans, il avait composé sa tragédie en grec. « Ce sont des Grecs, mais de merveilleux mortels. » En revenant de l'armée, il composait des élégies contre les vents, contre la mer qui le retenaient dans l'île d'Icare; il avait fait aussi un recueil d'épigrammes et de chansons; on les chantait.... on les chante à Rome, et parfois même à Athènes. « Quoi! direz-vous, un homme si grave, des chansons galantes? — Eh oui! moi-même, et de temps à autre, je me prends à fredonner mes propres vers. Que voulez-vous! on pardonne aux poètes un peu de folie! »

Que ces vers de onze pieds, ou même ces vers de douze pieds se soient perdus, ce n'est pas un motif pour blasphémer contre les dieux. Pline a beau parler de ses *gaillardises*, je n'y crois pas, surtout quand je me rappelle que Quintilien a dit quelque part : — *Il est plus d'un passage de notre poète Horace que je ne me chargerais pas d'interpréter.* — La prose est, d'ailleurs, le véritable talent de Pline, et quand il écrit en prose quelque récit de poème ou d'élégie, c'est alors qu'il est charmant. Il avait trouvé, par exemple, un beau sujet de poème descriptif, un dauphin amoureux d'un bel enfant : « Près de la colonie d'Hippone (si-
» lence! n'entendez-vous pas les premiers vagissements de l'ora-
» teur chrétien, du fils de sainte Monique?) en Afrique, sur le
» bord de la mer, on voit un étang navigable d'où sort un canal
» qui, comme un fleuve, s'échappe ou retourne dans l'eau profonde,
» selon que le flux l'entraîne ou que le flux le repousse. La pêche,
» la navigation, le bain y sont les plaisirs des enfants, qui luttent
» à qui s'éloignera le plus du rivage! Dans cette sorte de combats,
» un jeune écolier plus hardi que ses petits camarades, s'étant fort
» avancé, un dauphin se présente et tantôt il précède l'enfant, tan-
» tôt il tourne autour de lui, si bien que l'enfant finit par sauter

» sur son dos; » et alors entre l'enfant et le dauphin ce sont des joies, des tendresses, des promenades infinies. Toute la ville était accourue pour assister à ce spectacle incroyable! — Mais, hélas, le lieutenant du proconsul, Octavius Avitus, voyant accourir à Hippone les villes d'alentour, attirées par le prodige, résolut de tuer le dauphin pour délivrer Hippone d'une hospitalité onéreuse. « Le dauphin qui jouait avec cet enfant, et qui le portait, avait cou-» tume de venir à terre, et après s'être séché sur le sable, lorsqu'il » sentait la chaleur, il se jetait à la mer! On prit le temps que le » pauvre animal était sur le rivage pour répandre sur lui des par-» fums afin que la nouveauté de cette odeur le mît en fuite! » Bref, le dauphin meurt, et quand on relit ces pages touchantes et d'une grâce accomplie, on se félicite que Pline n'en ait pas fait un poème comme qui dirait l'*enlèvement de Proserpine* ou toute autre composition du poète Claudien.

Dans ces récits, écrits au courant d'une plume qui se hâte lentement, il est impossible d'être tour à tour plus élégant, plus gai, plus dramatique, et ces pages d'une prose admirable, valent, à notre avis, les plus beaux vers. On sait par cœur cette histoire de revenants [1] qui, depuis dix-huit cents ans, a servi de modèle à toutes les histoires du même genre. Le philosophe Athénodore, passant par Athènes, demande à se loger dans la ville. On lui indique une maison fort grande et de belle apparence, mais déserte et décriée. Toutes les nuits, à minuit, l'heure des fantômes, un grand bruit de chaînes et de ferrailles se faisait entendre sous ce toit maudit, puis bientôt on voyait apparaître un vieillard, la peau sur les os, les cheveux hérissés, les fers aux pieds et aux mains. — Le philosophe Athénodore vint facilement à bout de cette horrible aventure. Il achète la maison au plus bas prix, il s'y loge, il y porte son lit, ses tablettes, sa lampe; à minuit il entend en effet ce bruit de chaînes, le spectre lui apparaît livide, hideux, menaçant, et l'appelant du doigt, « Athénodore lui » fait signe, de la main, d'attendre un peu, et il continue à écrire

[1] Livre III, lettre XXVII.

» comme si de rien n'était, mais le spectre recommence son fracas » avec ses chaînes. Alors, sans tarder davantage, le philosophe se » lève, prend la lumière et suit le fantôme qui marche d'un pas lent » comme si le poids de ses fers l'eût accablé! » Ce malheureux avait été assassiné dans cette maison, et son spectre demandait qu'on lui rendît les derniers devoirs! Ceci fait, Athénodore reste le tranquille possesseur de cette belle maison achetée à si bas prix. — C'est là encore une de ces pages qui défient tous les vers!

Ne croyez pas cependant, bien qu'il se plaise un peu trop à *cultiver les Muses* pour son propre compte, selon le conseil de Platon, que, plus d'une fois notre poète n'ait pas rendu aux poètes, ses frères, politesse pour politesse. Au contraire, il assiste tant qu'il le peut faire, aux lectures publiques; il est très-assidu aux réunions littéraires de Titinius Capito, qu'il aime pour la douceur, pour la force, pour la grandeur de son esprit; naguère encore, il a écouté avec beaucoup de zèle, la comédie inédite de Virginius Romanus, taillée sur le patron des anciennes comédies. Les iambes de ce Romanus sont pleins de finesse et d'atticisme. « Il a quelque chose du genre de Ménandre, le poète grec, » et plus tard on le placera entre Plaute et Térence. » A ces louanges quelque peu exagérées, vous pouvez reconnaître un acharné faiseur de vers qui donne des louanges à ses voisins, pour qu'on les lui rende à la première occasion. A titre de revanche aussi l'ami Sextius Augurinus, dans une de ses lectures publiques, a-t-il déclaré, en petits vers, que de tous les poètes romains, Pline était son poète favori!

Unus Plinius est mihi.

Et le lendemain (c'est la loi des poésies qu'on se lit en public!) Pline lui a rendu la pareille. « Je n'ai jamais mieux senti toute l'excellence de vos vers. » Après la joie de lire ses poèmes, il ne sait rien de plus amusant que d'entendre ceux des autres : « Cette » année, nous avons des poètes à foison, il n'y a pas un seul jour » du mois d'avril qui n'ait eu son poème et son poète pour le » déclamer! » Mais où est le temps qui faisait, d'un poème nouveau, une fête pour toute la ville, quand l'empereur Claude lui-même, entendant par la fenêtre de son palais, applaudir le célèbre poëte Romanus, s'en venait surprendre agréablement l'assemblée? Tant d'indifférence pour la belle poésie, est-ce croyable? — L'autre jour encore Calpurnius Pison (quoi donc, un des Pisons de l'*Art poétique!*) lisait son joli poëme de l'*Amour dupé?* « sujet riche et élégant, traité en vers élégiaques! » Il paraît que ce poëme était une vraie perle poétique, et pourtant il y avait bien peu de monde à la lecture de cet *Amour dupé.* « Pour moi, j'embrassai » Pison à plusieurs reprises [1] et je l'exhortai fort à continuer » comme il avait commencé, afin de rendre à ses descendants l'il- » lustration qu'il avait reçue de ses aïeux! » Certes ce sont là de grandes louanges, mais on s'en méfie quand on songe que ces louanges sont écrites par un faiseur de vers. Comme tous les petits ridicules de la poésie se rencontrent partout, et toujours les mêmes et à toutes les distances! L'*Amour dupé!* ne dirait-on pas Montesquieu écrivant ce chef-d'œuvre de l'*Esprit des lois*, où est contenue la morale politique des sociétés (hélas! et lui aussi, il avait ses faiblesses poétiques), qui se met à accabler de ses louanges intéressées, M. Dorat ou M. le marquis de Pezay?

Lui-même, Pline, quand il n'est pas dans son enthousiasme, il se moque gaiement de ces lectures. Un jour que quelqu'un lisait un poëme chez Passionus Paulus, chevalier romain, homme très-considéré, et proche parent du grand poëte Properce, — Priscus, *vous ordonnez!* disait le poëte. — Moi, reprit Tadolinus Priscus, qui assistait à la séance, rêvant à je ne sais quoi, moi, monsieur, mais je n'ai pas d'ordres à vous donner! » Et de rire. Au reste, cette histoire que raconte Pline a dû lui rappeler ce bon conte que faisait Quintilien [2] de Cassius Sévérus à un jeune avocat; ce jeune avocat s'écriait dans le pathétique de son discours : — *Comment! monsieur, vous me regardez de travers!* — Moi, reprit Cassius, je ne songeais même pas à vous! *Mais, je comprends;*

[1] Livre V, lettre XVII.

[2] *De l'Institution oratoire*, Livre IV, § 1.

ceci est une métaphore de votre calepin. Eh bien! soit, je n'ai rien à vous refuser! — Et il se mit à lui faire des yeux de furibond.

Mais c'est trop parler des faiblesses de notre sage; il a écrit de méchants vers, en chaise, dans le bain, à table, des vers *un peu libres*, à ce qu'il dit, eh! qui n'a pas commis une fois ou deux ce crime-là dans sa vie, pour s'en repentir amèrement! Tant l'homme d'un vrai mérite se trouve ridicule en relisant ces essais d'une muse rebelle qui ne veut pas toucher, de son aile efféminée, les sentiers solides et chastes par lesquels, de son pied viril et solennel, la noble prose a passé!

Maintenant que nous avons vu le poëte, et, ce qui vaut mieux, le défenseur éloquent, généreux des causes justes, étudions, s'il vous plaît, l'accusateur public, car c'est une des grandes lois de l'éloquence romaine, si elle vaut beaucoup pour la défense, elle vaut beaucoup pour l'accusation. Ces rudes jouteurs qui plaidaient la cause du peuple romain, se rendaient célèbres, et parfois populaires, à force de véhémence, de violences, de cruautés; ils usaient immodérément de ces occasions souveraines de prendre en main la défense des libertés menacées, des priviléges attaqués, des hommes libres, cruellement battus ou dépouillés par quelque gouverneur de province. Les *Catilinaires*, les *Imprécations contre Verrès*, les *Philippiques*, savez-vous, même dans la véhémence de Démosthènes, un coup de poignard, mieux appliqué, plus juste à la fois et plus cruel? Caton le censeur, ce grand homme qu'on pourrait appeler la majesté vivante du peuple romain, avait le premier apporté l'éloquence dans ces sanglants combats des opinions, des passions et des partis qui divisaient la république. Dénonciateur intrépide de toutes les fraudes, et parfois même, victorieux calomniateur de la gloire, on le vit, à son retour de l'Afrique, où il avait suivi l'armée de Scipion, en qualité de questeur, dénoncer les triomphes de son consul, et, à son tour, ce féroce Romain, il fut quarante-quatre fois accusé de brigues, de concussion, de péculat; mais, au plus fort de ces accusations injustes, et appuyé sur la plénitude de sa vertu, il se réjouissait de ces excès de la parole républicaine qu'il regardait comme un signe manifeste d'indépendance et de liberté. Il était en ceci le digne élève de Fabius Maximus, son premier général, car il avait fait ses premières armes au siége de Capoue. Dans les fragments qui nous sont restés de Caton le censeur, on retrouve encore les vestiges acharnés de ses dénonciations publiques : « Des pleurs, des outrages publics, des meurtris-» sures, des coups de fouet, de telles douleurs, de telles tortures, » avec la honte et le déshonneur sous les regards épouvantés des » citoyens ! Et voilà ce que tu as osé faire ? — O combien de » pleurs, ô combien de gémissements et de larmes et de sanglots ! » Non ! de pareilles injures, des esclaves ne les supporteraient pas » sans frémir. » Telles étaient les paroles solennelles de ces hommes de bonne race et de grande vertu qui s'étaient faits les représentants de la justice divine, sur cette terre *livrée à toutes les disputes* [1]. Ils ne voulaient pas que, faute d'une dénonciation publique, le crime échappât au châtiment, et que le criminel, faute d'un orateur qui le prît à partie, pût *contrebalancer ses crimes par d'habiles et perverses antithèses*, comme dit Perse, dans sa première satire. Cette éloquence de Caton, c'était l'éloquence romaine dans toute sa verve, dans toute sa rage ; dans ce fracas elle gardait encore quelque chose de grand ! C'est qu'en ce temps-là, on ne songeait guère à se demander, comme dans la comédie de Pomponius :

Dois-je frapper en paysan ou en citadin. — J'hésite [2].

On frappait en citadin, on frappait en paysan, on frappait comme on savait, comme on pouvait frapper, et pourvu que le coup fût mortel, S. M. le peuple était contente, c'était son vrai combat de gladiateurs, son vrai spectacle imité de ces Grecs à qui tout fait ombrage, et même la vertu d'Aristides. Chose étrange ! les lois prononçaient une amende contre celui qui abattait un arbre *heureux* [3], et l'homme heureux, l'homme chargé de victoires plus que le pêcher de ses fruits, plus que le laurier de ses feuilles,

[1] *Tradidit mundum disputationibus.*

[2] *At ego rusticatim tangam, urbanatim ? Nescio.*

[3] *Digeste*, XII, II, 24, § VI ; XLVII, VII, 2. — *Institutes*, *Comm.* IV, § II.

n'était pas à l'abri de sa gloire! La vieillesse même, ce port après l'orage, n'était pas à l'abri des tempêtes, et c'était pitié de voir s'éteindre, souvent sous des accusations imméritées, ce faible crépuscule avant-coureur de la mort. Tel était le jeu de ces institutions libres, tel était l'emploi le plus hardi des armes oratoires les mieux trempées, et voilà comment se rendait la justice politique, sur les bords de ce Tibre, le prince des fleuves. A tant de siècles de distance, on frémit encore à certains passages de ces accusations qui laissaient les hommes sur la place. *Vous dont on voit toute la famille, traînée aujourd'hui dans un tombereau,* s'écrie Cicéron, — désignant du doigt l'accusé. Et cette autre malédiction: *Eh! puisque vous nourrissez un chien, donnez donc du pain à votre père!* Et ceci encore: *Claudia, cette Clytemnestre des carrefours.* Les anciens avaient un mot pour exprimer cela, cela s'appelait *l'éloquence canine*, et produisait véritablement dans les âmes mordues, l'effet et la blessure d'un chien enragé. Aussi bien Quintilien, notre maître, rappelle-t-il à ses disciples qu'en ce moment l'orateur n'est pas seulement un homme qui parle, mais aussi, mais avant tout, un homme qui juge. Il faut aussi que la haine de l'accusateur contre l'accusé, soit une haine toute personnelle: « Quel est l'homme, en effet, pour peu qu'un sang libre » coule dans ses veines, qui consente à s'armer de l'injure, au gré » d'autrui [1]? »

Ces préceptes et ces enseignements de son maître, Pline se les rappelle, surtout dans ces moments terribles, où il lui faut demander la fortune, la tête, l'honneur de quelque personnage consulaire qui se met à l'abri, tantôt derrière la faveur du prince, tantôt derrière d'immenses trésors achetés par le sang des misérables, et dont les juges prennent leur part. Ces hommes chargés de tous les crimes, il commence par les condamner au fond de sa conscience, et quand enfin il n'a rencontré au fond de son âme calme et sereine, ni un mouvement de pitié pour ces brigands, ni un seul besoin de pardon, alors quel que soit cet homme, qu'il ait écrasé

[1] *Institution oratoire*, Livre XII, § VII.

une province sénatoriale, qu'il ait ruiné une province impériale, qu'il soit proconsul ou propréteur, que son titre le protége ou que l'empereur le défende, le voilà qui se met à le poursuivre de ces haines vigoureuses et loyales, dont nous n'avons pas d'idée nous autres, depuis que nous sommes tombés honteusement dans les lâches et fangeux abîmes de la satire anonyme, ou du pamphlet signé des noms perdus. — « Classicus est-il coupable! » C'était une préparation naturelle et nécessaire à l'accusation de ses officiers et de ses complices! Mais quand une fois l'orateur s'est dit à lui-même : — Oui, en mon âme et conscience, cet homme est coupable! Quand il a tenu entre ses mains indignées, la liste complète des exactions du proconsul, quand il a lu, de ses yeux, l'insolent billet de ce Classicus à sa maîtresse : — *Allons, soyez joyeuse, ma belle, je reviens, tout au plaisir, avec quatre millions de sesterces, au service de mes amours*[1]! aussitôt l'accusateur n'hésite plus, il prend en main la défense des peuples d'Andalousie, il fait rendre gorge à cet impudent et avare sénateur, il rend la consolation et l'espérance à ces provinces torturées, dépouillées, ruinées par les crimes de cet autre Verrès; en vain on le prie, on le supplie, Pline résiste à toutes les prières; dans le tribunal plus d'un juge favorise ouvertement l'accusé, l'un d'eux même veut interrompre l'orateur dans cette tâche brillante et vraie d'une justice méritée. « *Eh!* s'écrie l'illustre accusateur, *laissez-moi continuer; quand j'aurai tout dit, cet homme n'en sera pas moins innocent.* Un peu plus loin, on le menace de la colère de l'empereur et il répond (comme on lui pardonne ses petits vers grivois en ce moment!) : *Je ne puis déplaire qu'à de mauvais princes!* Puis venaient les parents, les conseillers intimes disant : *Quelle entreprise! Que de périls! Pourquoi vous perdre? Offenser le trésorier de l'Espagne!* Il répondait fièrement lui aussi : — *L'arrêt est porté!* et qu'enfin, si c'est le bon plaisir de la Fortune de le perdre, dans la poursuite d'une action infâme, *ultionem legis*, comme dit Tacite, il est tout prêt à en porter la peine.....

[1] Livre III, lettre II.

La Gloire, pour mieux dire ! » C'est un beau spectacle, savez-vous, le spectacle de cet homme généreux, en lutte avec toutes les corruptions de la Rome impériale ! Cependant il arrive que, grâce à tant d'éloquence et de courage, justice est faite, l'homme accusé courbe la tête sous la sentence vengeresse du sénat ; le voilà tout à fait ruiné, déshonoré ce Classicus ; la province victorieuse échappe enfin à ce deuil immense de toutes ses libertés, *ingenti luctu ;* alors il faut voir la joie des vrais enfants de la république, la pâleur des méchants, l'orgueil des âmes justes ; frappé d'une éloquence si généreuse, le sénat se lève pour complimenter l'audace heureuse de l'orateur ! — Triomphes ineffables de la parole, quand elle est au service de la justice, du courage et de la vertu !

Mais plus il était redoutable dans ces accusations contre les crimes qui lui étaient démontrés, et plus il se montrait l'ennemi acharné de ces vils criminels qui se servaient de l'éloquence pour leurs basses œuvres de délation quotidienne. Horrible fléau, ce fléau des délateurs, et pourtant on ne peut pas nier que cette délation publique ne soit un peu la parente des accusations portées, en plein forum, par tant de jeunes esprits honnêtes et intrépides qui, dans l'ardeur de se faire un nom, franchissaient toutes les bornes de la violence, même envers les plus honnêtes gens de la république [1]. Aussi bien faut-il voir la haine, les fureurs, les colères, les mépris de Pline contre les délateurs. Tacite et Juvénal ne vont pas plus loin dans leurs malédictions sans appel. Ah ! c'est qu'en effet c'était là un grand crime, profiter de la tyrannie de Néron, des fureurs de Tibère, de l'imbécillité de Claude, des penchants despotiques de Domitien, pour venir dénoncer à l'avarice implacable de ces maîtres du monde, la vie et les richesses des citoyens les plus considérables, afin d'avoir sa bonne part dans ces dépouilles sanglantes et puis se réjouir en se disant : — *C'est moi qui suis le bourreau de cet homme !* Voilà des crimes ! Pline les a poursuivis avec une rage qui tient du délire. Oui, ce bel esprit élo-

[1] Les déserts, autrefois peuplés de sénateurs,
Ne sont plus habités que par leurs délateurs.

Britannicus, acte I, sc. II

quent et disert, d'une éloquence si châtiée, ce poète qui était un poète à ses heures, cet aimable épicurien de la meilleure compagnie, au langage si doux, si poli, si charmant, quand il rencontre un délateur sur son chemin, soudain il s'abandonne impétueusement à toutes les indignations dont son âme est remplie. Loin d'ici les artifices du discours, les préparations savantes, les ornements ingénieux ; rappelons-nous les délateurs de Néron, Marcellus Éprius et Crispus Vibius ; cinquante-six millions de sesterces, gagnés à la délation, les ont protégés, même contre la justice de Vespasien. Régulus a suivi leurs traces sanglantes ; pour une seule délation, Régulus a reçu trois millions de sesterces et les ornements consulaires. Vengeance contre cet homme ! Soyons forts aujourd'hui, nous serons éloquents plus tard ; avant tout il nous faut venir à bout de ce misérable qui a calomnié la vertu, qui a menti contre l'innocence, qui s'est engraissé de patrimoines volés, dont le tyran lui a fait une part. A ces devoirs civils, tout nouveaux dans ce monde romain, Pline n'a pas manqué, et il a été d'autant plus généreux en ceci, qu'en frappant le délateur, il sentait qu'il frappait le tyran. Ainsi que son maître l'avait dit [1], sa parole « était un port de salut pour les innocents, et non pas un refuge de pirates ! » Son maître lui avait enseigné en même temps que dans ces circonstances suprêmes, « le nom d'accusateur devient une gloire ! » Où donc en effet serait la force de la loi, si le glaive des lois n'était pas tenu par un homme éloquent ? Où serait la sûreté des citoyens, s'il n'était pas permis de réclamer, avec gloire, le châtiment des criminels ? « N'est-ce pas condamner les » bons que d'accorder toute licence aux méchants ? N'est-ce pas » permettre le crime que d'hésiter à le dénoncer ? Non, non, mon » fils, tu ne souffriras pas que les plaintes de nos alliés, la mort » de nos amis, l'exil de nos frères, les libertés de l'état demeu- » rent sans châtiment et sans vengeance, faute d'un noble cœur qui » nous prenne en pitié ! » Vous voyez qu'à chaque instant et sur chaque action du disciple, on retrouve l'enseignement du maître ;

[1] *Institution oratoire*, liv. XII, § VII.

touchante alliance de la leçon et de la pratique. — *Ce que vous avez dit, je le ferai!* disait un soldat de Sparte au rhéteur athénien.

Pline le Jeune fut donc des plus ardents à poursuivre l'extermination des délateurs ; il comprit qu'il se plaçait, par ce moyen, à la tête des plus réels défenseurs de la patrie ; entre autres délateurs, il a poursuivi, par delà le tombeau, ce même Régulus, qui avait été le bras droit de Domitien. Ce misérable s'était poussé dans le monde par toutes sortes de sales emplois : avant d'être délateur, il avait commencé par capter des héritages, comme s'il eût voulu réunir, sur sa tête souillée, la double imprécation de Juvénal. Il avait poussé l'impudeur et l'avidité jusqu'à se faire léguer, faute de mieux, par une dame noble, l'habit qu'elle portait à son lit de mort! Les proscriptions lui avaient rapporté plus que les testaments, et cet homme, qui était un gueux dans toute l'étendue de l'expression, avait amassé, autour des échafauds, soixante millions de sesterces! Tant de vices et tant de richesses avaient fait de ce Régulus un homme redoutable ; Pline le prit à partie, et il demanda compte à ce scélérat, entre autres victimes, de la mort d'Helvidius. « Helvidius était mon ami, mais, en fin » de compte, les droits de l'amitié me déterminent beaucoup moins » à cette accusation capitale, que l'intérêt public, l'indignité du » fait et la nécessité d'un exemple. — Et cependant j'ai attendu, » pour accuser cet étrange Régulus, que la joie de la mort de Do» mitien se fût calmée ; car je voulais faire tomber un criminel si » redoutable, non pas sous le coup de la haine publique, mais sous » le fardeau de ses crimes. » On peut juger par ce passage d'une simple lettre, quelle devait être l'énergie de ce plaidoyer : pour *la vengeance d'Helvidius*.

Accablé en effet par cette accusation sans réplique, Régulus y laissa sa renommée, qui l'inquiétait peu, mais il y laissa en même temps une bonne moitié de cette fortune qui était la passion de sa vie. Il végéta quelque temps encore, entouré d'exécrations et de mépris vengeurs. « Il vécut donc, mais sa vie ne pouvait plus alar» mer le public sous un empereur qui abhorrait les services de ces » gens-là ! » Ces quelques lignes sont comme le digne préambule du *Panégyrique de Trajan*.

Cette harangue pour Helvidius passait, du temps de Pline, pour un chef-d'œuvre, comparable à la harangue de Démosthènes contre Midias: « et véritablement, dit Pline [1], je relisais, nuit et jour, le discours de l'orateur grec, non pas sans doute avec la prétention de l'égaler (il y aurait eu témérité ou folie), mais pour le suivre d'aussi près qu'un humble esprit peut suivre le plus ferme génie de l'univers! » Vous retrouvez toujours le même soin, toujours la même étude, même dans les colères de notre orateur; admirable exemple de cette patience laborieuse que l'on ne saurait trop recommander à tous les gens qui aspirent à quelque durée dans les belles-lettres et dans l'éloquence. Qui que vous soyez, il faut chercher, avec toutes les peines imaginables, cette correction excellente, parce que cette correction n'enlève rien à la verve, à l'ironie, à la passion. Il y a dans les lettres de Pline tel passage que devait envier Tacite; par exemple, un jour qu'il parcourait le grand chemin de Tibur, à un mille de la ville, Pline s'arrête devant le tombeau de Pallas l'affranchi, ce digne courtisan de Néron, et sur le marbre de cette tombe, restée debout par miracle, par mépris, on pouvait lire encore une inscription où il était dit que le sénat a décerné à ce Pallas : les *marques de distinction dont jouissent les préteurs, avec quinze millions de sesterces ;* mais ce digne Pallas a laissé l'argent et *conservé l'honneur qu'on lui décernait!* L'indignation et l'ironie de Pline, en lisant ce marbre menteur, sa fureur de voir ainsi traité un infame, et enfin sa franche gaieté quand il compare, l'homme enterré là, à sa fastueuse épitaphe, ce sont là des mouvements d'une vraie éloquence mêlée d'atticisme. Ce n'est pas tout : de retour chez lui, Pline veut lire d'un bout à l'autre l'arrêt bouffon du sénat, et il découvre, en riant de plus belle, que l'inscription est une modestie, comparée à la magnificence des lâchetés de cet illustre corps : « Oh ! grand dieu ! est-» ce possible? rendez-moi, pour une heure, les plus illustres Ro-» mains, non pas même nos vieux grands hommes d'autrefois, les » héros de l'Afrique et de Numance, mais tout simplement les

[1] Lettre XXX, livre VII.

» Sylla, les Pompée, les Marius, et en lisant ce décret, en l'hon-
» neur d'un vil affranchi, je montrerai à ces grands hommes, les
» vanités de la gloire! » Malheureux esclaves qui se prosternent devant un esclave! savez-vous que les sénateurs de Néron étaient d'avis, non pas seulement d'*exhorter Pallas à porter les anneaux d'or,* mais encore à l'y CONTRAINDRE! Bien plus, le sénat, pour Pallas (et le palais du sénat n'a pas encore été purifié!) remercie l'empereur, *de l'éloge qu'il a fait de son affranchi.* (C'est toujours le texte du décret.) — Je le répète, toute l'indignation de ce passage d'une simple lettre de Pline conviendrait à merveille à quelque beau chapitre des *Annales.* C'est une belle page, tout à fait digne de cette autre page de notre auteur, où il nous montre le délateur Régulus qui pleure son fils, à la façon d'un comédien qui joue un rôle. « Cet enfant avait des chiens, des chevaux de main, des ros-
» signols, des perroquets et des merles. Son père inconsolable a
» tout fait égorger sur le bûcher de son fils! On le hait, on le mé-
» prise, et pourtant chacun le visite dans ses jardins au delà du
» Tibre, horribles demeures qui se ressentent tout à la fois de
» l'infamie et de la richesse, de l'avarice et de la vanité de ce mi-
» sérable; tout ce mouvement de visites et de condoléances incom-
» mode la ville entière, mais cela plaît au sordide vieillard de
» déranger de plus honnêtes gens que lui! » Ce Régulus ne s'est-il pas avisé d'écrire l'éloge funèbre de son fils! et cette fois il a prouvé, contrairement à la définition de Caton, que « *l'orateur*
» *est un malhonnête homme sans esprit, et qui ne sait pas par-*
» *ler.* » Ce Régulus, que visite la ville entière, est-ce le même homme flétri déjà par Pline et que le sénat a frappé d'un arrêt infamant? La chose paraît impossible, elle n'en est que plus vraie. *Victrix provincia ploras!* « Tu pleures, ruinée dans ta victoire, province malheureuse! » c'est Juvénal qui l'a dit.

Voici, au reste, une anecdote qui rend croyable ce tombeau de Pallas, respecté plus que ne l'ont été les statues de César, et Rome entière portant ses condoléances au délateur Régulus. C'était à la table de Nerva, ce brave soldat, ce digne empereur : on parlait des terreurs du règne passé, et, entre autres délateurs, on vouait à l'exécration, un certain terroriste nommé Catulus Messalinus, le Marat de ce temps-là, aussi laid que Marat, un tigre qui, devenu aveugle, avait redoublé de férocité; il ne connaissait ni l'honneur, ni la honte, ni la pitié, et il était, entre les mains de Domitien, comme un poignard, trempé dans les poisons de Locuste. Tout le souper fut consacré à repasser les crimes de cet homme. — Qu'en pensez-vous? disait Nerva, et si Messalinus était encore de ce monde, qu'en aurait-on fait? Le flatteur Vejento, parasite de son métier, était auprès de l'empereur, et, penché sur son sein, il allait répondre par quelqu'une de ces adulations qui ont fait de ce Vejento un homme fameux; mais Junius Mauricus, homme ferme et sévère, coupant la parole à ce Vejento : — « Par Jupiter, dit-il à Nerva, si ce Messalinus était vivant, il souperait avec nous! » Horrible anecdote, comme on en trouve dans l'histoire de toutes les guerres civiles : tristes anecdotes; elles représentent, mieux que ne ferait l'histoire, cette fatale indifférence des hommes pour l'infamie, pour la gloire, pour le vice, pour la vertu! Bourreaux d'hier, tâchez de ne pas mourir demain; les enfants de vos victimes souperont chez vous, dans huit jours!

Nous sommes entrés dans ces longs détails, qui touchent de si près à la littérature et la politique des derniers Romains, pour vous montrer comment, dans cette Rome encore éclairée des grandes lueurs du siècle d'Auguste, on ne pouvait plus être un homme de lettres qu'à la condition d'être, en même temps, un homme politique; le talent de l'écrivain, du poète, de l'orateur, n'obtenait, dans la communauté romaine, une influence légitime et une admiration sérieuse que lorsque ce talent, bien reconnu, se mêlait, de près ou de loin, à l'administration des affaires. Quant à l'écrivain que sa mauvaise fortune tenait isolé des forces qui régnaient alors, ce n'était plus qu'un esprit déplacé, dont on ne savait que faire, à moins d'en faire un bouffon, comme Martial; et véritablement on ne savait quelle place leur assigner, dans une société positive, où les rangs étaient désignés à chacun; en un mot, on ne comprenait pas, à Rome, cette séparation des lettres et des armes, des lettres et de la politique. La rêverie, cette invention toute moderne, n'était pas encore acceptée comme une poésie et quiconque se fût retiré de la vie active, sous le frivole prétexte d'écrire un poème, eût mérité une note des censeurs. C'est si beau, d'ailleurs, cette étroite alliance des belles-lettres et des affaires! Nous lui devons, dans les temps passés, Xénophon, Annibal, César, Cicéron, Auguste, Mécène, Pline, Antonin, Marc-Aurèle, chefs des nations, et, dans une époque moins reculée, Charlemagne, Richelieu, le chancelier de l'Hospital, d'Aguesseau!

Chez ces grands Romains, plus la dignité était grande, plus les études étaient complètes; l'éloquence et tout ce qui tient aux arts de la parole était un devoir des empereurs. « Il appartient » aux Césars, disait le maître de Marc-Aurèle, à son disciple [1], » de soutenir dans le sénat, les intérêts publics, de soumettre au » peuple assemblé, la plupart des affaires, d'expédier sans relâche, » des lettres par toute la terre, de convoquer à son tribunal, tous » les rois du monde, de réprimer par des édits, les torts des al- » liés, de louer les bonnes actions, d'enchaîner la sédition et » d'épouvanter l'audace; tous ces labeurs du prince, c'est la » parole qui les accomplit.... et tu ne voudrais pas cultiver cette » puissance qui doit te servir, en des occasions si nombreuses » et si grandes! — Comment respecter celui dont on se moque » quand il parle, et qu'on méprise quand il a parlé? » On comprend aussi que ces hommes, avides de renommée, une fois qu'ils avaient assez d'éloquence pour se mêler aux affaires publiques, étaient jaloux d'être assez éloquents pour atteindre même à la gloire! Cette préoccupation de l'éloquence est si grande, que c'est la seule raison qui pousse les historiens à écrire ces merveilleuses harangues qui bientôt, tant est grande la puissance de cette sorte d'illusion! finissent par faire un seul et même corps avec l'histoire, à ce point que nous sommes certains aujourd'hui que Catilina a harangué ses complices avant de mourir, et qu'on ne sait plus, ou, pour mieux dire, qu'on ne veut pas distinguer les lettres qui ont été véritablement écrites, par les héros de l'histoire, de celles

[1] *Lettres de Fronto*, t. II, p. 1, vous lirez une très-belle lettre sur l'éloquence, mais tronquée et mutilée par le temps.

que l'historien leur a prêtées. Lisez dans Thucydide, la lettre de Nicias[1]; dans Salluste[2], les lettres admirablement outrageantes de Mithridate au roi Arsace : vous y trouverez ce fier passage des *Romains grands par nos fautes : illorum fortuna vitiis incolumis* et la lettre de Cnéius Pompée au sénat qui oublie de payer son armée; et l'imprécation d'Adherbal, assiégé dans Cirta : qu'en dites-vous? ce sont là autant de chefs-d'œuvre d'historiens habiles et tout-puissants, qui savent, par l'expérience de la sagesse, que, même parmi les dieux, l'honneur des dieux muets n'est pas égal aux respects que les hommes portent aux dieux qui témoignent de leur divinité, par leurs oracles... Plus que personne Pline le Jeune devait obéir à cette loi, à cette habitude, à cette passion de la nation *porte-toge*. Ses maîtres, sa jeunesse, ses habitudes, ses amitiés, son ambition, sa vie entière, tout est tourné du côté de l'éloquence. Pas un des hommes qui l'entourent ne s'est soustrait à cette passion du bien-parler et du bien-dire[3]. L'autre jour Pline a rendu les derniers devoirs à Virginius Rufus, deux fois consul, et, sur les cendres de ce vieillard de quatre-vingt-trois ans, il célèbre le rare bonheur d'avoir entendu lire, avant de mourir, *plusieurs poèmes et plusieurs histoires à sa louange*[2]*!* Car, à les entendre, ces louanges de la poésie et de l'histoire effacent, et bien au delà, les parfums et les couronnes d'or des funérailles de Sylla, ou les vingt-deux mille tables, servies au triomphe de César! — Si notre Pline est attaché à son ami Arianus Maturius, c'est *parce que son goût a dirigé ses études;* aussi, de chevalier romain qu'il était, il le fait passer au sénat. S'il dote le fils de Rusticus Arulénus, comme il a doté la fille de Quintilien, c'est que, « *par l'avance de ses louanges, Arulénus m'a appris à mériter les*

[1] Thucidyde, Lettre III, § II.

[2] Salluste, Histoire, liv. IV.

[3] Dans Athènes, un Grec, qui avait battu Périclès, appelait Périclès son vainqueur. — Comment donc? disait-on à ce général, mais vous avez battu Périclès deux fois! — *C'est vrai*, dit le Grec, *je me bats mieux que mon vainqueur, mais il parle mieux que moi!*

[2] Lettre de Pline, liv. II, lettre I.

éloges de l'avenir. » Il est lié avec Maxime d'une grande amitié, pour l'avoir entendu parler, en grec, aux écoles d'Athènes : « On croyait entendre Callimaque! Mais quel bonheur pour un homme, né à Rome, de parler le grec aussi bien qu'un Athénien! »

Les Romains lettrés aimaient la Grèce comme une seconde patrie; Athènes, c'était la grande école de la science, de la poésie, de la philosophie, du savoir-vivre. Là, ils avaient appris, et de bonne heure, à combattre avec la parole puissante de Platon; là, on lisait les poëmes d'Homère ou d'Hésiode, comme les chrétiens lisent la *Bible* et l'*Évangile*, comme des livres qui contenaient l'histoire des dieux, mêlée à l'histoire des hommes. A dix-huit ans, pour un Romain de bonne maison, Hésiode était un prêtre, Homère était presque un dieu! Ne pas savoir la langue de ces Grecs, passés à l'état de demi-dieux, c'était une aussi grande honte que de ne pas savoir la langue de Virgile ou d'Horace, et l'on disait d'un homme sans race : « *Il ne parle ni grec ni latin!* » Depuis Sylla, qui l'avait épargnée par un sentiment de piété filiale, Athènes était restée libre et honorée des Romains. *Alma mater*, disaient-ils; au milieu de tant de cités ruinées, la ville de Minerve avait conservé son Parthénon, son Lycée et son Portique! — Tous les Romains ont partagé cet enthousiasme pour l'asile sacré et charmant de leurs jeunes années. Cicéron est rempli de l'éloge d'Athènes et il avait surnommé : *Attique*, son ami Pomponius, ce bel esprit, si bien nommé, qui n'avait pas pu se séparer de ses amis les Athéniens. « Heureux Maxime, l'empereur vous envoie [1] dans » l'Achaïe, dans la véritable Grèce, dans le sein même de la » grande patrie, au berceau même de la politesse, des belles-let- » tres, de l'agriculture! Dans cette terre bénie du ciel, l'empereur » vous confie des villes, des hommes libres, dont les vertus, les » actions, les alliances, les traités, la religion ont eu pour objet » principal la conservation et la défense du plus beau droit de la » nature, la liberté! — Soyez au niveau de cette tâche auguste, à » force de dévouement, d'intelligence et de respect! Honorez les

[1] Lettre XXIV, livre IX.

» dieux fondateurs de la patrie athénienne, honorez l'antique gloire » de cette nation de poëtes et de soldats, respectez la vieillesse sacrée des villes, vénérable même dans ses fables. Rappelez-vous » sans cesse que nous autres Romains, nous lui avons demandé » à l'Attique notre droit public, et pendant que nous imposons nos » lois aux nations vaincues, c'est nous qui nous sommes agenouillés devant les Grecs, pour implorer les lois qu'ils s'étaient faites. » Vous allez commander dans Athènes, à Lacédémone! Soyez humain, et ne les affligez pas en insultant à l'ombre des libertés » disparues; rappelez-vous plutôt ce qu'étaient ces deux villes, » que ce qu'elles sont aujourd'hui. » Bref, cette lettre est une des plus belles choses qui soient sorties d'un honnête cœur.

A chacune de ces pages, remplies d'une grâce si charmante, d'une perfection si polie, d'une amitié fondée sur les meilleurs gages d'estime, de probité ou de talent, vous rencontrez la même passion, active, sincère, dévouée, généreuse, pour tout ce qui est beau, pour tout ce qui est bon : « Ah! mon cher Octave, laissez vos » livres parcourir librement les contrées où se parle la langue » latine. — Je me représente déjà cette foule d'auditeurs, ces » transports, ou, ce qui vaut mieux, ces silences heureux qui de » temps à autre me viennent charmer, quand je plaide ou que je » lis mes vers! » Le fils de Spurrina, Cottius est mort tout jeune et tout rempli de l'instinct poétique, Pline lui dresse une statue! — Sextus est plein de probité, de sagesse et de savoir; il a fait, de l'éloquence, la douce compagne de la philosophie, son père, Érutius Clarus, excellait dans la profession d'avocat; Pline recommande Sextus à l'empereur, et de ce jeune homme il fait un membre du sénat et un questeur. — Que de larmes répandues sur le jeune Julius Avitus! « Il avait pris chez moi la robe de séna- » teur; ma recommandation l'avait poussé dans les charges. — » Sa principale prudence, *c'était la passion qu'il avait de s'in-* » *struire;* sans cesse il proposait quelque question sur les belles- » lettres ou sur les devoirs de la vie. — Pour comble de chagrin, » j'étais absent quand il est mort! » Comme il admire, avec l'enthousiasme le mieux senti, l'éloquence d'Iséus le rhéteur! Iséus

était de passage à Athènes : « Venez, accourez, disait Pline à Népos,
» il est ici ; rien n'égale la variété, la grâce et la richesse de sa pa-
» role ; que de finesse élégante ! que de majesté ! Il se lève, il se
» recueille, il commence, et aussitôt tout se trouve sous sa main.
» Il instruit, il plaît, il touche, il sème les fleurs sur son che-
» min ; sa mémoire est un prodige ; il a plus de soixante ans, et il
» s'exerce encore dans les écoles. Je le regarde comme le plus élo-
» quent et le plus heureux des hommes, et je vous plains si vous
» n'avez pas grande envie de le connaître. — N'entendez-vous pas,
» je vous le répète, qu'Iséus est à Rome ? et quelle affaire vous peut
» retenir ? On raconte qu'un citoyen de Cadix, charmé de la répu-
» tation et de la gloire de Tite-Live, s'en vint, des extrémités du
» monde, pour voir le grand historien ; il le vit, et retourna à
» Cadix [1]. »

Croyez-le donc, après cela, quand à chaque instant de sa vie, il vous dit qu'il aime la gloire avec passion, avec fureur ! La gloire, pour lui, c'est quelque chose comme qui dirait l'immortalité de l'âme, et il ne sait pas d'autre façon d'être immortel que d'être un homme glorieux : « Pour moi [2], je n'estime point de plus heureux
» mortel que celui qui jouit d'une grande et solide réputation, et
» qui, sûr des suffrages de la postérité, s'enveloppe, par avance, dans
» la gloire qu'elle lui destine ; car enfin je crois que tous les hommes
» doivent avoir en vue, ou l'immortalité ou la mort. — Ce sont là
» mes réflexions de tous les jours, et je vous en fais part, tant je
» vous sais occupé de tout ce qui est grand et immortel ! »

Dans toutes ces amitiés fondées sur l'amour du bien public, sur la passion pour les chefs-d'œuvre, sur la sagesse, sur la probité, sur l'honneur et toutes les vertus sérieuses qui sont comme l'admirable relief de cette époque de décadence où tout se perd, une amitié importante s'élève et se montre dans la vie de Pline, amitié entourée de tous les prestiges du génie et du courage ; nous avons nommé Tacite, l'immortel écrivain des *Annales*. Il était né en pleine tyrannie, au commencement du règne de Néron, six ans

[1] Livre II, lettre III.
[2] Livre IX, lettre III.

avant Pline le Jeune, et un demi-siècle depuis la venue de Notre-Seigneur. Ils avaient étudié, l'un et l'autre, aux mêmes écoles, fiers de Quintilien, celui-ci et celui-là. En s'aimant, Pline et Tacite obéissaient encore aux leçons de ce maître qui a tout prévu et qui enseignait l'amitié, entre ses disciples, comme une garantie de l'avenir [1].

L'amitié de Pline pour Tacite, est en effet le résultat non pas seulement de l'enthousiasme et de l'entraînement du jeune âge, non pas même la mise en pratique de ce conseil de Lycurgue quand il recommandait aux jeunes gens : *ces combats de la parole où l'on se bat avec des fleurs*, mais une juste conséquence de la raison et du mérite; ils s'aiment à la vie, à la mort, *amore capitali.* Pline appelle Tacite *sa plus belle âme;* il lui recommande à chaque instant de surveiller son génie, *ingenium tuum excole,* il le félicite de tout le bonheur de son audace : « Adieu, mon esprit! lui dit-il; adieu, mon souffle! *Vale, spiritus meus!* » A chaque mot qu'il adresse à l'admirable historien, on voit que cet homme, jaloux de toutes les gloires, aspire surtout à remporter la couronne dans le *combat des grandes amitiés;* amitié tendre, patiente, inquiète, dévouée, entre ces deux beaux esprits esclaves du même labeur. La lettre de Pline à Tacite, dans laquelle il raconte une chasse aux sangliers où il a pris trois sangliers, non pas des plus petits, est d'une grâce accomplie. Madame de Sévigné, Voltaire lui-même, dans leurs meilleurs instants de confiance et d'urbanité, n'ont rien écrit de si charmant : « Mes filets étaient tendus » et, mes tablettes à la main, j'attendais le gibier, afin de ne pas » rentrer au logis les mains vides! Tout m'a réussi; j'ai rempli » mon filet, j'ai rempli mes tablettes, et j'ai appris ce jour-là que » Minerve, tout autant que Diane, se plaît dans nos montagnes. — » Essayez-en, c'est une chose admirable. Combien l'esprit est excité » par l'exercice du chasseur! et en même temps comme le calme

[1] « Je parle de ces amitiés empreintes d'un sentiment religieux, qui se prolongent avec la même vivacité jusque dans la vieillesse. Avoir partagé les » mêmes études est un lien, non moins sacré, que d'avoir été initié aux mêmes » mystères. » *De l'Institution oratoire*, liv. I, § II.

» des forêts, le silence des bois, la solitude sont favorables à la » méditation! » — La lettre suivante se compose d'une admirable dissertation sur le style; on voit que Pline s'inquiète des tendances de ce fier génie, de cette langue nouvelle que parle Tacite, et des foudres que recèlent ces nuages sanglants :

« J'avoue que la concision n'est pas à négliger[1] quand la langue » le permet; mais aussi je soutiens que c'est souvent une trahison » de ne pas dire tout ce qu'on devait dire, de tracer à demi ce qu'il » fallait imprimer dans les âmes! Ne méprisons pas les ressources » de la parole; elle ajoute souvent à la force, à l'éclat de la pen- » sée. Nos passions entrent dans l'âme de notre auditoire, comme » le fer dans un corps solide; si un seul coup ne suffit pas, il faut » redoubler. A Lysias, le roi de la concision, au vieux Caton, qui » eût rougi de dire un mot de trop, j'oppose l'abondance d'Eschines, » de Démosthènes, de Cicéron; Cicéron disait qu'à son sens, la plus » belle harangue était la plus longue[2]. »

Puis, avec la passion d'un Romain de cette école athénienne, dont plusieurs disciples ont été chassés pour avoir été trop réservés dans leurs discours, avec cette ambition impétueuse d'un orateur qui n'a pas d'autre joie que les plaisirs abondants de l'éloquence, notre Pline, sans trop indiquer où il en veut venir, pousse jusqu'à son extrême limite, cette louange du style abondant, de la période sonore, et enfin il ajoute que les statues, et même la figure des hommes, des animaux, des arbres, reçoivent principalement leur prix, de leur dimension, pourvu que cette dimension, même exagérée, soit régulière. A ce discours, nous voilà bien loin des peintures énergiques de Tacite: ce mot qui blesse, ce trait qui tue, ce sourd grondement d'une vengeance qui se sent éternelle. Tacite était de l'avis de cet orateur qui disait à Pline lui-même : « Vous vous imaginez qu'il faut tout relever dans une cause, vous » avez tort; moi, je prends d'abord mon ennemi à la gorge, et je » l'étrangle. »

Mais, Dieu merci, les préoccupations de l'artiste ne sont pas

[1] Lettre xx, livre IV.

[2] « C'est celle que je sais le mieux, » disait Massillon

les seules qui occupent l'amitié de ces deux hommes; la liberté, la vertu, le souvenir des mœurs et des hommes antiques, qui est la vie de la chose romaine [1], tiennent la plus grande place dans l'entretien de ces deux nobles âmes. « Il reste encore de l'honneur et de la probité parmi les hommes [2] ! — J'ai vu hier dans la maison de Lucius Silanus, entourés des honneurs mérités, les portraits de Brutus, de Cassius et de Caton ! » Et peut-être cette lettre est-elle parvenue à Tacite, le jour où il écrivait cette phrase sublime de Brutus et de Cassius, *brillants par leur absence même, à la cérémonie des funérailles !* — Dans ses moments de travail Pline écrit à Tacite, il lui écrit à ses heures d'oisiveté; l'autre jour encore Pline était à sa maison de Tusculum (dans le voisinage des beaux jardins de Cicéron) et voici un petit livre qu'il a écrit à l'intention de son ami. — Le mois suivant il était à Côme, et comme il veut y établir une école qui vienne en aide à tant de pères de famille, forcés d'exiler leurs enfants, Pline demande à Tacite un maître : que *vous aurez choisi dans cette foule de savants que votre juste renommée attire, de toutes parts, auprès de vous!* En revanche, les moindres ordres de Tacite sont des ordres pour son ami. « Ami, vous me recommandez Julius Nason, qui aspire aux charges publiques. Eh ! moi-même j'allais vous demander votre protection pour Julius Nason ! » Ainsi vous rencontrez à chaque ligne de cette correspondance, les sentiments les plus dévoués et les meilleurs. On aime Pline de tout l'attachement qu'il porte à Tacite, et quand lui-même il s'écrie que la postérité aura égard à cette alliance naturelle; qu'ils méritent l'un et l'autre, les sympathies attentives de l'avenir, par leur application, par leurs travaux, par leur respect pour la gloire, on comprend que ces deux hommes ont raison. Oui, certes, Pline et Tacite, vous pourrez compter sur les déférences de la postérité; poursuivez votre route [3], elle vous mène à quelque chose d'immortel. « Oh ! s'écrie

[1] *Moribus antiquis stat res romana virisque.*

LUCILIUS.

Pline à Tacite, livre I, lettre XVII.

[3] *Pergamus modo itinere instituto*, liv. IX, lettre XIV.

» Pline, un jour qu'il renvoie à son ami un livre pour lequel Tacite a demandé ses corrections; « ô l'agréable, ô le charmant » échange! comme l'avenir dira, je l'espère, que nous nous sommes aimés, que nous nous sommes compris! On dira : Ils avaient » à peu près le même âge, leur rang était le même, égale leur » renommée, et à toutes ces causes d'émulation leur amitié a résisté. » Rome, il est vrai, comptait, de leur temps, de grands esprits et de grandes renommées, mais Pline avait choisi Tacite entre tous, pour en faire son ami et son modèle. — « Et voyez déjà » comme on nous place, à côté l'un de l'autre! Déjà nous sommes » inséparables dans l'opinion publique : celui-ci vous préfère à » moi, l'autre moi à vous. Mais venir après vous, pour moi c'est » tenir toujours la première place : d'où je conclus que vous et » moi, Tacite, nous ne pouvons pas trop nous aimer [1] ! »

Une autre fois, dans une lettre du plus intime et du plus sincère épanchement, notre homme supplie, sans façon, son ami Tacite de lui donner une place dans quelqu'un des divers chapitres de ses histoires. « J'ai un pressentiment certain que vos histoires seront » immortelles, et, je l'avoue sans détour, j'aspire à l'honneur d'y » trouver une place; c'est déjà une gloire d'avoir son portrait de » la main d'un grand artiste, jugez de ma joie si vous m'accordez » ce que je vous demande! » En même temps il lui indique un témoignage d'estime qu'il a reçu de l'empereur Nerva, et, voici comme preuve à l'appui, une lettre autographe de cet empereur, honnête homme que sa probité a fait monter sur le trône des Césars. O la postérité! quelle place admirable elle tient dans les travaux et dans les espérances de ces grands hommes! Elle les conseille, elle les encourage, elle les contient, elle les console. « Voilà » le sentiment qui fait *haleter*, dit un philosophe dans son langage » énergique [2], et s'il arrivait que l'orbe des comètes se connût » assez bien pour qu'on démontrât que dans mille ans d'ici, l'un » de ces corps se rencontrera avec notre terre, dans un point commun à leurs courses, adieu les poëmes, les harangues, les tem-

[1] Livre VII, lettre XX.

[2] Diderot, lettre à Falconet, janvier 1766.

» ples, les palais, les tableaux, les statues, on n'en ferait plus ou » on n'en ferait que de très-mauvais, et chacun se mettrait à » planter des choux! » En ce moment Diderot parle tout à fait comme Pline a pensé; Diderot, lui aussi, espère bien que cette voix, qui doit parler de nous à l'avenir, sera une voix éternelle; il veut que sa gloire lui soit payée, moitié au comptant et, le reste dans un billet à échéance imprescriptible, et, plein d'espoir, il se courbe sous la bénédiction des siècles à venir. — Hélas! Tacite n'a pas exaucé la noble prière de son ami; le nom de Pline le Jeune ne se trouve pas une seule fois dans les *Annales*, dans les *Histoires*, et même, pour arriver à trouver une seule lettre de Tacite à Pline, il faut chercher cette lettre de Tacite parmi les lettres de Pline. « J'avais grande envie de suivre vos conseils (il peut » se faire en effet que ce soit là la réponse de Tacite à la lettre » de Pline où il est parlé des tablettes et des trois sangliers), mais » les sangliers sont si rares ici [1] qu'il n'est pas possible d'accor» der Minerve avec Diane. » Tel est l'unique souvenir, très-contesté et très-contestable, de Tacite à cet ami si chaleureux, si enthousiaste, si bienveillant, si pénétré d'admiration pour la gloire et pour le génie de son ami! Mais c'est là le grand défaut de l'amitié, elle n'est jamais égale, des deux parts : celui-ci donne toujours un peu plus que celui-là ; pendant que votre ami vous aime au grand jour, c'est à peine si lui-même, il peut vous compter parmi ces honnêtes gens *avec qui l'on peut jouer dans les ténèbres* [2], ou bien c'est vous qui êtes un ami de tous les instants, pendant que votre ami est à peine un client peu zélé. L'amitié, disait un ancien, *c'est une école de jeu de hasard.* S'il en est ainsi, convenons qu'il vaut mieux encore tendre les mains à la gloire, qu'à l'amitié; la gloire est peut-être moins trompeuse; elle est plus fidèle et ses promesses sont plus grandes; même quand elle oublie de les tenir, on pleure alors, mais on verse de nobles larmes; au moins on n'aura pas été trahi dans ses tendresses, on n'est trompé que dans son ambition.

[1] Dans les lettres de Pline, livre IX, lettre X.
[2] *De officiis*, lib. III, cap. XXII.

Ploravere suis non respondere favorem
Speratum meritis...

Au reste cette lettre de Pline à Tacite, n'est qu'une nouvelle copie d'une lettre charmante de Cicéron à Lucceius, un bel esprit, son contemporain, qui avait la renommée d'un homme né pour écrire l'histoire. Cette lettre de Cicéron est écrite avec une grâce, une coquetterie, une câlinerie des plus charmantes; jamais un amoureux n'a écrit à sa jeune maîtresse avec plus de naïveté, plus de dévouement. Il ose, il n'ose pas, il a peur, il désire, il baisse les yeux : s'il écrit, c'est qu'il tremble de parler, *et qu'une lettre ne rougit pas* [1]. Mais, comment faire? il est tourmenté *d'un désir si vif qu'il est impossible de s'en faire une idée*, — à la fin donc, le grand mot est lâché, Cicéron voudrait que Lucceius écrivît l'histoire de Cicéron. C'est beaucoup demander, on ne l'ignore pas, mais l'illustre orateur serait si heureux, s'il avait seulement l'espérance d'obtenir un peu d'immortalité, en compagnie de Lucceius! « Ah! si Lucceius » voulait écrire l'histoire du dernier consulat de Catilina châtié, » et *arracher aux jalousies de Salluste, ce beau sujet histori-* » *que!* C'est beaucoup demander sans doute, mais enfin il n'y a, » comme on dit, que les honteux qui perdent. » Après cet exorde, qui n'est pas le moins habile de tous ceux qu'il a faits, Cicéron se met à donner le plan du livre qu'il implore; il dit à l'historien, comment il devrait s'y prendre, pour bien faire, et il lui démontre qu'en fin de compte, la variété d'émotions peut se trouver *dans la vie d'un grand homme.* « Voilà pourquoi, cher Lucceius, je souhaite ardemment que vous sépariez, du corps de votre histoire, le drame des actions et des événements qui s'y rattachent! » L'instant d'après, notre homme s'inquiète; il se demande s'il n'est pas la dupe de sa propre vanité? Il se fait humble et modeste, mais, encore une fois, il faut absolument qu'il soit jugé par l'intelligence et le génie de Lucceius. Jamais Cicéron plaidant *pro domo sua*, n'a déployé tant de grâce, de vivacité, d'habileté d'esprit, pour obtenir cette merveilleuse récompense de ses labeurs : sa biographie écrite par

[1] Lettres de Cicéron, mai, an de Rome 698

un homme de ce mérite! — Pourtant même dans ces désirs les plus ardents, on voit qu'il redoute l'ironie de l'homme à qui il s'adresse : « Mon naturel est un peu le naturel de l'enfant, lui dit-il, et je meurs d'impatience de jouir, avant ma mort, du peu de gloire que j'ai mérité. » Voilà, j'espère, ce que Montaigne appelle *parler rondement de soi!*

Vous le voyez, je cherche mes exemples çà et là, un peu au hasard, mais avec joie; eh! depuis si longtemps, dans les livres qui se font aujourd'hui, l'idée de la gloire est absente, depuis si longtemps la sainte image de la postérité, aux palmes d'or, a été renversée de nos âmes et de nos poëmes! C'est un récit en l'honneur de l'antiquité qu'un jour, en plein sénat romain, le héraut vint qui criait : « Que celui-là qui ne tient pas à l'immortalité de son nom, ose le dire tout haut; » un seul homme osa répondre : « *Je n'y tiens pas!* » Et telle fut la confusion de l'assemblée épouvantée, que pas un sénateur n'osa regarder cet homme en face, et qu'il fut traité, comme s'il venait d'accomplir un de ces crimes, sans rémission possible ici-bas et là-haut. C'est que les Romains savaient le prix de cette chose inappréciable, la gloire! Ils portaient en eux-mêmes ce sentiment de la durée éternelle qui avait servi de base au Capitole : Horace, au milieu des fêtes, des amours et de la vie heureuse, chante tout haut son *exegi monumentum;* Virgile, inquiet de sa propre renommée, condamne aux flammes l'*Énéide;* l'orgueil de Cicéron, c'est de planter un grand arbre qui doit prolonger son ombre sur les générations à venir : *Serit arbores quæ alteri sæculo prosint*[1]. La belle image! Assises à cette ombre heureuse et féconde que tant de grands hommes ont plantée, les générations reconnaissantes, après tant de siècles évanouis, célèbrent à plus haute voix que jamais, le nom sacré de leurs bienfaiteurs.

Suétone, ce redoutable secrétaire de l'empereur Adrien, qui devait écrire, avec une naïveté sanglante, l'histoire des plus cruelles tyrannies de Rome, était au nombre des amis de Pline, et Pline a

[1] *Mes arrière-neveux me devront cet ombrage.*

laissé une lettre adressée à Suétone, qui s'inquiétait de l'interprétation d'un songe. Chose étrange! L'historien de ces règnes ou plutôt de ces meurtres (Néron et Tibère peuvent attester que pourtant l'historien ne manquait pas de courage), troublé par un songe, supplie notre Pline de lui accorder la remise d'une cause qu'il doit plaider le lendemain, à quoi le magistrat répond par son propre exemple : — « Moi qui vous parle, j'étais jeune, timide, et je de-
» vais plaider, le même jour, devant quatre tribunaux différents.
» Je rêvai que ma belle-mère me suppliait à genoux, de ne pas
» plaider ce jour-là, qu'il y allait de la fortune et de l'honneur de
» mon client, Julius Pastor. Cette vision me tenait encore à mon
» réveil; j'hésitai longtemps, et à la fin, malgré l'augure de
» cette nuit troublée, je me décidai à parler, et je fis bien, car je
» gagnai ma cause, et à cette cause gagnée commence le peu de
» réputation que je puis avoir! » — Ces hommes romains ont du bon sens, même dans les préjugés qui nous paraissent les plus absurdes. — Ils avouent franchement qu'ils sont troublés, qu'ils ont peur, qu'ils doutent; ils n'ont pas cette fausse honte de comédiens que nous portons à toutes les choses de la vie vulgaire; mais, au contraire, ils ont les uns pour les autres, une confiance entière, absolue, et *ils rougiraient de ces mensonges intimes* qui nous semblent à nous autres, le comble de l'habileté et de la prudence; il ne faut pas haïr, disaient-ils, mais étudier le caractère de son ami. — *Amici mores noveris, non oderis!* Ils se consultent facilement, simplement, les uns les autres, pour les plus grandes entreprises et pour les plus petites, pour une élégie ou pour l'achat d'une province. « Amitié salutaire et réglée, dit Montaigne, égale-
» ment utile et plaisante; qui en sait les devoirs et qui les exerce;
» celui-là est *vraiment du cabinet des muses*, il a atteint le sommet
» de la sagesse humaine et de notre bonheur! » Que vous en semble? *Ce cabinet des muses* vient à merveille, au milieu de ces amitiés souveraines, fondées sur l'étude, sur la poésie, sur la philosophie, sur tout ce qui est beau, tout ce qui est bon, tout ce qui est sage :

Curantem quidquid dignum sapiente bonoque est!

« Rien ne contribue à former et à fortifier notre bon sens, comme » une vie passée avec nos semblables et parfaitement identique » à leur vie! » Ceci est une belle parole de Gœthe, parfaitement justifiée par la biographie de Pline le Jeune. Partout, dans chacune de ces pages que nous relisons avec tant de joie, nous retrouvons la passion studieuse, l'amour de la gloire, la sincérité d'une vie bien réglée, la sécurité que donne une fortune bien faite, bien arrangée, bien gagnée, la trace visible et la saveur exquise d'une grande position sociale. Dans ces lettres, écrites avec le soin et l'habileté d'un grand écrivain qui se complaît à toutes les grâces de la parole, les grâces sérieuses, les grâces légères, il est question tantôt d'un portique à élever, tantôt d'un poème à finir; aujourd'hui il s'agit de soutenir les droits d'une province pillée par son proconsul; le lendemain on s'occupera de réparer la voie Émilienne. Pleurons! La jeune fille de Fundanius vient de mourir, elle était si aimable et si belle! A quatorze ans qu'elle pouvait avoir, elle montrait déjà la prudence et la majesté d'une femme de condition, mais sans rien perdre des grâces naïves et décentes du premier âge [1]! — Réjouissons-nous! Servianus, homme consulaire, marie sa fille à Justus Salinator, le petit-fils du consul; le gendre de Servianus est bien digne de cette fortune; il est très versé dans les belles-lettres, il est même éloquent, il réunit à l'en jouement du jeune homme, la sagesse d'un vieillard. — Avidius Quintus, l'ami de Thraséas (ce vengeur de la Rome républicaine a laissé une grande trace, même dans la Rome des empereurs [2]) contait à Pline que Thraséas, ce grand homme, lui disait autrefois : « Il existe trois sortes de causes que tout homme d'honneur doit » accepter avec orgueil : la défense d'un ami, la protection d'un » innocent, et enfin les causes qu'il faut plaider *pour l'exemple*,

[1] Livre V, lettre XVI.

[2] Quale coronati Thrasea Helvidiusque bibebant
Brutorum et Cassi natalibus !

« Tu boiras d'un vin généreux, le vin qui remplissait la coupe de Thraséas » et d'Helvidius, lorsque, couronnés de fleurs, ils célébraient l'anniversaire des » Cassius et des Brutus ! » C'est un beau mouvement d'une satire de Juvénal.

» *ad exemplum.* » C'est même en reconnaissance des bons conseils d'Avidius Quintus que nous célébrons sa fête encore aujourd'hui ; nous la célébrons *pour l'exemple,* car la reconnaissance d'une âme honnête est un bon exemple à donner. — « Comment allez-vous » aujourd'hui, cher Arius [1]? Soyez courageux et soyez sobre ; la » tempérance est le plus honnête et le plus salutaire des remèdes. » J'y compte si fort que tous mes gens sont bien avertis que dans » le cas où je serais malade, si je n'étais pas assez sage pour me » mettre à la diète rigoureuse, ils doivent se refuser à mes ordres. » — Le régime et l'abstinence, deux mots de grand profit, cher » Arius! »

Ses amitiés au dehors vous peuvent donner une juste idée de son dévouement à sa famille ; il aime ses parents, autant qu'il aime ses amis, et l'on voit qu'il en est aimé. Sa femme surtout (car il a été marié deux fois, nous parlons de sa seconde femme) est l'objet constant de ses meilleures déférences : — « Vous savez si je vous » aime! je ne me suis jamais plaint de mes nombreux travaux que » lorsqu'ils m'ont empêché de voyager avec vous, ou de vous re- » joindre quand vous êtes absente, et maintenant surtout que je » vous sais souffrante, dans notre maison de la Campanie, vous » pensez si je dois être triste et alarmé! Écrivez-moi du moins, » et que vos lettres me rassurent sur une santé qui m'est si chère. » — Écrivez-moi, et songez que ce n'est pas trop d'exiger de vos » nouvelles, deux fois par jour. — Mon cher parent, j'ai vu votre » nièce hier, ma chère femme, et je suis bien sûr de vous faire plai- » sir en vous disant qu'elle est charmante, elle est digne de son » aïeul, digne de son père, digne de vous ; *elle a, nuit et jour,* » *mes livres entre les mains, et elle les apprend par cœur.* Quand » je lis en public, elle se ménage une place, où derrière un ri- » deau elle prête une oreille attentive! » Ne riez pas, l'enthousiasme de Pline pour ses œuvres fait une partie de sa vie, une partie de son bonheur, de sa fortune ; Xénophon l'a très-bien dit, *la louange*

[1] Un homme qui était réservé à un grand honneur, cet Arius, Antonin *le Pieux* devait être son petit-fils

sonne bien aux oreilles, quand on sait qu'on l'a méritée. — La femme de Pline n'a pas manqué à cette loi suprême de l'exercice des belles-lettres ; elle a encouragé son mari, de toutes ses forces, elle a donné le signal de l'admiration et de l'obéissance qui ont entouré le maître de famille : « elle écoute avidement les louanges qu'on » me donne, elle chante mes vers, et l'amour, le plus excellent » de tous les maîtres, lui a appris à s'accompagner sur la lyre. » Oui, elle m'aime et elle m'aimera longtemps, car elle n'aime en » moi ni la jeunesse ni la figure, choses périssables, mais la gloire » qui ne périt jamais ! » Il écrit presque tous les jours au père, aux oncles, à la mère de cette femme tant aimée. — « Réjouissez- » vous, mon bon père, je vous mène votre petite fille, et je suis » aussi heureux de vous revoir qu'elle peut l'être elle-même. Tout » est prêt pour notre départ ; nous passerons par la Toscane, non » pas tant pour savoir où en sont nos domaines (nous avons tout » le temps à notre retour), que pour faire une visite à mes bons » clients de Tiferne. Depuis que je suis un homme, ces braves gens » n'ont pas cessé de s'intéresser à tout ce qui m'est arrivé d'heu- » reux et de malheureux. Ils se sont réjouis de ma renommée et de » ma fortune, comme d'un succès qui leur eût été personnel ; de » mon côté, pour reconnaître tant d'affection, j'ai fait bâtir en ce » lieu un temple dont je fais tous les frais. Mon temple est achevé ; » je dois assister à sa consécration, et puis votre fille et moi nous » allons nous jeter dans vos bras ! » Ainsi se retrouve, dans ces lettres, et au plus haut degré, le caractère de l'éloquence romaine ; à savoir la supériorité d'une certaine classe sociale sur toutes les autres, mais une supériorité décente, pleine d'affabilité et aussi éloignée de l'abaissement des pauvres gens, que du mépris insultant que jetait l'aristocratie romaine sur tout ce qui n'était pas l'empereur et le sénat !

Pendant que le gendre élève un temple à la rustique divinité de Tiferne, l'aïeul fait construire, autour de sa maison, un portique somptueux à l'usage du public, et pour toute récompense il inscrit sur cet édifice royal, le nom de sa fille et le nom de son gendre. « J'espère bien, lui dit Pline, que vous allez entreprendre quel-

» que nouvelle magnificence : la libéralité est la couronne des » vieillards tels que vous, mon père ; plus elle éclate, et plus elle » est belle ; vous ne ferez jamais trop pour votre gloire, songez-y ! » Ou bien le gendre et le beau-père, dignes l'un de l'autre, deux âmes généreuses, parlent de leurs intérêts, et c'est encore le gendre qui pousse le vieillard dans les sentiers glorieux de la dépense aisée et bienséante : « Oui, mon père, vous devez vous étonner » que je me sois privé de l'ardeur des enchères, et que j'aie vendu » ma terre de Salerne aux deux tiers de sa valeur ; mais je tenais à » obliger Corellia, la sœur d'une amie de ma mère, et je pense » bien que vous approuverez cette façon de payer une dette d'estime » et de respect. » — En revanche, il invite son aïeul à affranchir, de son vivant, tous les esclaves qu'il affranchit par testament : — « Rappelez-vous donc que vous êtes le maître ; que tout ce que vous » faites de bon et de généreux, sera bien fait. Laissez là votre dis- » crétion importune et agissez à votre plaisir, votre bien est à » vous ! — Hélas ! bon père, votre pauvre fille vient encore de » tromper l'espoir que nous avions, vous et moi, d'un jeune » enfant, qui eût été la grâce de votre vieillesse et l'espoir de » mon âge mûr. Les jeunes femmes se ressemblent toutes ; elles » négligent les plus simples précautions, et voilà la mienne » qui en est réduite à se lamenter. Fassent les dieux que ce » cruel accident se répare ! et cependant il leur faut rendre grâce » d'avoir sauvé votre enfant. — Quel malheur de n'en pas avoir ! » je leur aurais appris à suivre les plus nobles sentiers de leur » aïeul, le beau chemin au bout duquel se trouve la considération, » la fortune, la gloire, le respect de tous ! — Faites des vœux pour » que notre douleur se tourne en joie avant peu. » Infatigables tendresses de ce brave homme pour des êtres qu'il honorait de toute son âme ! Et cependant quelle n'est pas notre surprise de trouver, dans les lettres familières d'un consul, ce dévouement à la compagne de sa vie, cette tendresse pour sa beauté, cette admiration pour sa jeunesse ! Pline va vous dire, comme Fronton parlant de sa femme Gratia : « qu'il reconnaît volontiers, en dépit des sarcasmes contre les femmes, une catégorie de femmes qui aiment

» leurs maris, qui aiment leurs enfants ; des femmes sans feinte et » sans art, des femmes bienveillantes, affables, accessibles sans » orgueil [1] ; filles de Minerve, elles allient naturellement la grâce » de leurs yeux, à la gaieté, à la sévérité, à la douceur. Laissez-» les nous sourire, vous verrez sur leurs lèvres entr'ouvertes, les plus » secrètes pensées de leur cœur ! » — Et plus loin, avec une plaisanterie de bon goût que l'on dirait copiée par Racine dans *les Plaideurs* :

Elle eût, du buvetier, emporté les serviettes.

« Quoique femme d'avocat, Gratia n'a pas grand appétit. » Comme nous voilà loin de la définition de la femme non dotée ! « Le mari, » tant qu'il n'a pas fait divorce, est, pour sa femme, un juge, un » censeur ; il exerce sur elle un empire absolu, il la châtie à chaque » instant ; si elle boit du vin, si elle le déshonore avec un étranger, » il la tue. — Oui, si tu surprends ta femme en adultère, tu peux » la tuer impunément, et si au contraire c'est toi qu'elle surprend » avec une autre femme, elle n'a pas le droit de te toucher du doigt, » elle n'en a pas le droit [2]. »

Il est vrai que la femme dotée prenait cruellement sa revanche par les précautions abominables de son contrat, et ces précautions qui allaient parfois jusqu'au déshonneur pour le mari, étaient un immense sujet de rancune dans l'âme de cet homme qui avait obéi à la passion plus qu'au bon sens — « méfiez-vous de la » femme dotée ! Vous croyez d'abord qu'elle vous apporte une » grosse dot, cette dot est une fiction ! Voici mes biens, vous dit-» elle, mais elle en retranche un tiers, puis une moitié, et puis » quelque chose sur la dernière moitié ; ces retranchements, elle » les *prête* à son mari, et encore ! Vienne un nuage dans la mai-» son, la dame tient en réserve un esclave, tout exprès pour prési-» der à la répétition immédiate de ses biens [3] ! »

[1] Voir un fragment grec dans ces lettres de Fronton.

[2] Aulugelle, XX, § 23. — *Ita te si adulterares, digito non auderet contingere, neque jus est.*

[3] Aulugelle, XVI, § 1

Entre Pline et sa femme vous voyez s'établir cette amitié inquiète, dévouée, complaisante de toutes les journées, de toutes les heures, et de même que les amants, à chaque coupe redisent le nom de leurs amours, le nom de sa femme revient dans ses lettres les plus intimes. Ce sont de tendres sentiments, c'est une affection éclairée, c'est l'association la plus vraie et la plus sincère. Soit qu'il déplore, à la façon de Malherbe célébrant Rose Duperrier, la jeune fille de son ami Fundanus, *si digne de vivre, et de vivre toujours* [1], soit qu'il félicite Servianus du mariage de sa fille avec Servius Salvator, soit qu'il écrive l'éloge funèbre de Numidia Quadratilla [2] morte à quatre-vingts ans, « dans un corps » plus robuste que son sexe et sa condition ne semblaient le pro- » mettre, » on voit que Pline pense à sa femme, on comprend qu'il l'aime, d'une contenance contente et débonnaire. Quadratilla avait d'autant plus de mérite d'être une honnête femme que son aïeule l'était assez peu ; son aïeule, femme de qualité cependant, avait élevé sa petite-fille dans une société de bouffons et de danseurs! Servius Salinator, le gendre de Fundanus est un gendre tel qu'un bon père de famille le peut rêver, — « la simplicité d'un enfant, l'enjouement d'un jeune homme, la prudence d'un vieillard! »

Quant à la fille de Fundanus, morte si jeune, c'était la plus jolie jeune fille qui fût à Rome. A quatorze ans, qu'elle avait à peine, on remarquait dans son air toute la majesté d'une femme de condition. Elle était si charmante, suspendue au cou de son père! comme elle aimait les livres, l'application, l'étude! Dans la maladie qui l'a ravie au monde, cette enfant a montré un courage viril : « condamnée par tous les médecins, elle ne songeait qu'à consoler son père et sa mère! » — S'il déplore le malheur de ses amis, il n'est pas moins sensible à leur joie. — « Heureux Mar- » cus, rien ne vous manque [3]; vous avez avec vous votre femme et

[1] Lettre XVI, livre I.

[2] Lettre XXIV, livre VII

[3] Livre V, lettre XVIII

» votre fils, vous jouissez de la mer, de la fraîcheur de vos fontaines, de la beauté de vos campagnes. » La femme de Tullus est un modèle de toutes les vertus [1], et l'on ne dira pas, de celle-là, ce que disent, en plaisantant, les croque-morts de la ville de Rome :

— *Voilà une femme qui activera la flamme du bûcher* [2].

Jeune, belle et riche, cette dame avait épousé un vieillard, si chargé d'infirmités, qu'il aurait pu dégoûter, même la femme qui l'eût épousé quand il était jeune et plein de santé. Perclus et paralytique de tout son corps, à peine si Tullus avait conservé les joies fugitives du regard; il ne se tournait dans son lit, qu'avec le secours d'autrui. Il fallait (chose horrible à dire) qu'il donnât sa bouche à laver et ses dents à nettoyer. Il vivait cependant, et il voulait vivre, surtout pour aimer sa femme, qui avait trouvé, par sa constance et par son dévouement, le secret de se faire honneur d'un pareil mari ! » Toute cette partie de la correspondance de notre ami, n'est pas à coup sûr la partie brillante, glorieuse, mais c'est la partie qui nous touche davantage. Les grands récits dans lesquels l'histoire est appelée en témoignage, le magnifique appareil des charges, des dignités; les faisceaux du consul, les insignes de l'augure, la chaise curule, cet éclat, ce triomphe, cette majesté romaine dans laquelle tout n'est pas humain, ce grand tas de richesses éblouissantes, et la suite infinie de ces pompes dont on ne sait que faire, ne valent pas, pour l'effet idéal d'une biographie illustre, une bonne action simplement racontée, une idée généreuse et libérale, un sentiment honnête; la vérité, la vérité simple, la vérité dans les hommes et la vérité dans les affaires, voilà ce qui sauve les plus belles vies; les plus belles vies (on sait cela quand on a quarante ans) sont celles qui se rangent *au modèle commun et humain*, avec ordre, sans extravagance et sans miracle. Mais aussi comme on sent en soi-même un plaisir secret lorsqu'on arrive enfin

[1] Livre VIII, lettre XVIII.

[2] On croyait en effet qu'une femme ou deux, jetées, avec des morts de l'autre sexe, dans le bûcher des funérailles, activait la flamme ; cette croyance là était à la fois une superstition et une malice quelque peu funèbre.

à parler de ces faciles et heureuses vertus, logées dans les belles plaines fertiles et florissantes où l'on arrive par les belles routes semées de gazons et de fleurs! A coup sûr une lettre bien bourgeoise, bien terre à terre, écrite par un honnête homme à sa femme légitime, est d'un effet beaucoup moins dramatique que les correspondances pleines de transports, d'enthousiasme et de passion dont les histoires modernes sont remplies — les fureurs à la Mirabeau! — mais dans l'antiquité, la lettre d'amour, qui tient tant de place dans l'histoire moderne, est rayée sans pitié, en supposant qu'elle ait été écrite. Les anciens parlent d'amour assez volontiers, pourvu que ce soit en vers et à quelque Iris en l'air, mais la lettre de passion ou tout simplement le billet doux, comme on en trouve dans les Mémoires pour servir à l'Histoire de France, à toutes les époques, voilà la chose rare chez les hommes d'état, à Rome, et même la chose rare chez les hommes de loisir. Horace écrit à Nééra de se hâter (*properet*), mais si elle ne vient pas, si elle est ailleurs occupée, bonsoir la compagnie! le poète n'a plus le sang aussi bouillant que sous le consulat de Plancus : Nééra ne viendra pas ce soir, on se passera de cette dame, le poète reprendra son billet, et ce sera tout bénéfice. Dans les lettres de Pline vous ne trouverez pas une seule trace de ces amours de passage dont se compose une vie élégante, à la française. Pline n'écrit qu'à sa femme, aux amies de sa femme, aux amies de sa mère, mais c'est tout; pas de Nééra, pas de Glycère, pas de Lesbie; il veut bien que l'on se permette des fictions amoureuses dans les poèmes qui ne sauraient s'en passer, il comprend même qu'on aille jusqu'au gros mot : *un peu gras de Saupiquet*, comme dirait Brantôme, mais dans la vie réelle, ou, ce qui revient au même, dans la prose, Pline est tout à fait de l'avis du vieux Caton : *L'homme du peuple qui vit en bon accord avec sa femme, est plus recommandable qu'il ne le faut pour être sénateur!* Caton faisait ainsi, de la sagesse la plus vulgaire, la plus utile des sciences. Il voulait qu'un bon citoyen de Rome menât de front la santé, la conscience, l'autorité, la science, la richesse; que l'homme sût méditer et *manier* sa vie, pour mieux dérouler sa tâche en ce monde[1]. En quatre mots donc, voilà la vie du sage : *aimer, servir, supporter, s'abstenir ;* le démon de Socrate ne parlerait pas mieux que cela.

« Ma femme, disait Montaigne en 1570, vous entendez bien que » ce n'est pas le fait d'un galant homme, aux règles de ce temps-» ci, de vous courtiser et caresser encore ; car ils disent qu'un ha-» bile homme peut bien prendre femme, mais que de l'épouser » c'est affaire à un sot ! »

Ces belles âmes, à tant de distance, se retrouvent et se reconnaissent ! Ces sages et ces bienveillants parlent le même langage, ils mènent la même vie, chacun dans sa sphère, celui-ci au sénat, celui-là au coin de son feu. Leur philosophie est taillée sur le même patron : *Je révère Socrate, Diogène m'étonne, j'aime Aristippe ;* philosophes par la science, par les mœurs, par la modération, par l'indulgence, ils aiment l'ordre, comme la cause éternelle de tout ce qui est beau, de tout ce qui est bon. C'est Pline qui s'écrie, dans un moment d'enthousiasme heureux : « L'ordre qui règne dans les saisons ne me charme pas davantage que l'ordre d'une maison bien réglée. » « L'ordre est une vertu *morne et sombre,* au premier abord, » dit Montaigne, mais bientôt il avoue que rien n'est plus beau et plus charmant ; l'ordre fait *l'âme pleine et non bouffie*, il amène avec lui et *Flora* et les *grâces*, il aide à la raison, ce flambeau commun de Dieu et des hommes, il est le commencement et la fin de la loi naturelle. *Raison* et *bonté,* en effet, deux mots d'un grand profit dans la vie de ces sages, deux mots qui remplaçaient avec avantage tous les systèmes, le *beau* de Platon, le *bien* de Zénon, la *volupté* d'Épicure. Cherchez dans Pline, cherchez dans Quintilien à quelle école philosophique ils appartiennent, ils vous répondront, avec Horace, qu'ils ne veulent jurer par aucun maître ! Mais, au contraire, ils veulent choisir ; ils marcheront avec Platon dans le sentier qui conduit à la pratique de la justice, afin de remporter sur la terre le prix de la vertu ; ils diront, avec Aristote, cet éternel bon sens,

[1] *Meum pensum explico* (Caton).

que le bonheur ici-bas consiste dans l'économie convenable de la vertu et des biens extérieurs, vertus intellectuelles, vertus morales. D'une main ils tiennent à Épicure, de l'autre main à Zénon; tout leur va, de ce qui est bon, tout leur convient, de ce qui est bien; ils disent avec Épictète : *Sois sain de corps et d'esprit, afin d'être en état d'exécuter de grandes choses!* Ils disent, avec Caton l'Ancien : *Il est doux d'être rude à soi-même!* Ils s'entourent, nuit et jour, de cette modération que donnent la bonne fortune et le succès de tant de bonnes actions, commencées et achevées sous une étoile heureuse. Cette partie de la biographie de Pline ne saurait être racontée d'un style trop rempli de paix, de calme, de repos, tant notre Pline est en plein exercice de ces rares et charmantes qualités qui l'ont rendu si populaire. Quel bonheur! réunir tant de mérites, à toutes les apparences du mérite; tant de politesse dans l'esprit, à tant d'honnêteté et de délicatesse ingénieuse; goûter les *plaisirs de l'ordre* dans tout ce qu'ils ont de facile, d'honnête, d'utile, d'agréable; s'abandonner librement à cette gaieté douce, à ce contentement intime *aussi nécessaires à la vie que le sommeil*[1]. Quelle vie mieux arrangée, quels ornements plus charmants d'une vie bien faite, *in tui ornamenta*, quel plus facile moyen de ne se plaindre ni de la nature, ni des dieux?

A chaque page, à chaque ligne éclate doucement, dans Pline le Jeune, éclate humblement cette sagesse tolérante qui était dans son esprit et dans son cœur. Il ménage sa vie, il la cultive, on vit si vite à Rome! Des noces, des fiançailles, l'enfant d'un ami qui prend la robe virile, un testament à signer: O ma maison du Laurentin! ô l'aimable retraite[2]! — ou bien, un ami que l'on attend à souper, l'ami Septimius Clarus, et Clarus n'est pas venu. Le souper était bon, cependant! A chacun sa laitue, trois escargots, deux œufs, un gâteau, du vin miellé et de la neige; puis des olives d'Andalousie, des courges, des échalottes; au dessert, que

[1] Aristote. — Pascal disait : « La grandeur a besoin d'être quittée. » — « Et maintenant que nous sommes seuls, faisons des solécismes ! » disait Ménage à Balzac.

[2] Livre I, lettre v.

voulez-vous pour vous distraire? un comédien? un musicien? un lecteur? — Mais il paraît que ce festin de Pythagore n'a pas été du goût de Clarus! — Des œufs, des courges, des escargots, un lecteur, fi donc! Clarus aura été chercher, autre part, des tentations plus succulentes, de belles huîtres du lac Lucrin, des viandes exquises, des vins de cent feuilles, et des danseuses espagnoles, fraîches et jeunes comme les roses de leur guirlande! — « Tu as » tort, ami Clarus, c'est si charmant, une joie honnête, mêlée » de propreté et de liberté! »

Cette maison du Laurentin avait cela d'agréable surtout qu'elle était aux portes de Rome; on peut venir à Rome le matin, faire ses affaires dans la journée, et se retrouver à Laurente le soir. Le lac de Côme, nous le réservons pour nos grandes vacances; la *Tragédie*, la *Comédie*, et même notre maison de l'Apennin, nous gardons toutes ces fêtes pour notre vieillesse, mais notre maison du Laurentin, c'est notre délassement de chaque jour.

Dès les premières pages de cette biographie illustre, que nous écrivons cependant, avec tout le soin dont nous sommes capables, une phrase mal faite a jeté quelque confusion dans l'énumération des domaines et des nombreux héritages de Pline, et le lecteur a pu croire que nous confondions la maison du lac de Côme et le domaine de l'Apennin! mieux vaudrait confondre le lac Lucrin rempli de poissons et le lac d'Averne où rien ne surnage, si l'on en croit Virgile; le lac Solfataro aux îles flottantes, et le lac Castel-Gandolfo, dans son amphithéâtre de montagnes; le lac de Vico, à Viterbe, et le lac de Bolsène. Côme, c'est une des gloires du duché de Milan, la plus charmante ceinture des Alpes rhétiennes; rien n'égale, encore à cette heure, la riante fraîcheur de cet admirable petit coin de la Lombardie. Toute la magnificence italienne éclate et brille dans ces jardins, dans ces palais sans nombre, dans ce paysage que Pline a décrit. La cathédrale de Côme est un des plus beaux édifices de la renaissance, Bramante a élevé les murs du Baptistère, Giotto, ce grand génie, a couvert, de ses glorieuses peintures, la voûte sublime. Voici le lac qui brille dans ce grand pêle-mêle de bois, de rochers, de cascades, dans sa bordure naturelle d'oliviers et de citronniers en fleurs! La Suisse, l'Italie, la Grèce se reflètent, on le dirait, dans ces ondes poétiques. — Ombres mobiles, le nom même de ces beaux lieux sonne grec : *Lenno*, *Nesso*, *Lecco*, *Colonia*, *Corenno*, les doux noms! ne dirait-on pas de quelque baptême athénien? C'est qu'en effet les Arcadiens, en passant dans ces montagnes, y ont laissé quelques-uns des mots chéris de la langue maternelle, *Nesso*, en souvenir de *Naxos*, *Corenno*, en souvenir de *Corinthe*. Ce lac de Côme, qui ne l'a pas vu ne saurait s'en faire une idée, même dans la description de Pline. Il prend toutes les formes, moitié fleuve, moitié lac, ruisseau et torrent; pêle-mêle limpide de promontoires doucement éclairés. Non, Pline le Jeune n'a pas célébré son lac de Côme en stances trop magnifiques! Le nom de cet homme éloquent se retrouve partout sur ces bords. La *Pliniana*, cette source célèbre qu'il a décrite, obéit encore au flux et au reflux impérieux de chaque jour! Depuis tant de siècles l'empire romain est tombé, entraînant tant d'empires dans sa chute, et construisant tant de monarchies, du débris de ses conquêtes renversées... la fontaine de Pline chante et se plaint comme aux premiers jours; le bruit d'un filet d'eau est venu à bout de l'éternité de Rome! Au sommet de la montagne (*Bellagio*) on voyait, autrefois, les ruines de la *Comédie*. — Sur les ruines de l'autre maison, la *Tragédie*, Paul Jove, courtisan et bel esprit, avait élevé cette belle retraite, oubliée plus tard pour la villa Odescalchi. Sur l'emplacement du *Suburbanum* de Caninius Rufus, l'ami de Pline et son voisin, s'élève, un peu triste, mais superbe, la villa Odescalchi; au milieu du lac, un bateau à vapeur, nommé *le Pline*, vous conduit à la villa Sommariva, habitée par la Joconde de Léonard de Vinci; plus bas vous rencontrez la villa Melzi endormie au bruit du torrent *il fiume Latte*, qui se jette dans le lac; plus haut la villa Serbelloni, une ruine moderne, qui se cache à demi dans ses arbres verts. Pline le Jeune est resté le roi de ces beaux lieux; son souvenir se retrouve, à chaque pas, sur ces frais rivages, sous ces ombrages séculaires; le noble lac de Côme est resté limpide et clair comme aux beaux jours d'autrefois :

Hélas ! que mes yeux sont contents
De voir ces bois qui se trouvèrent
A la nativité du temps,
Et que tous les siècles révèrent,
Être encore aussi beaux et verts
Qu'aux premiers jours de l'univers !

SAINT-AMANT.

Il ne faut donc pas être trop sévère pour la construction d'une période vicieuse qui sera échappée à notre plume. Cicéron a fait pis que cela, deux fois de suite; à propos d'un nom de géographie, il resta court devant Pompée, qui savait la terre sur le bout de son doigt, et voici déjà bien des siècles, que les rhéteurs reprochent à Xénophon sa fameuse phrase : « *Darius et Parysatis avaient deux fils !* »

Un homme de beaucoup d'esprit, mais qui était en même temps un pauvre diable (cela s'est vu), impatienté des descriptions de Pline, s'est écrié, un beau jour, que Pline parlait comme un commissaire-priseur, et qu'à coup sûr il avait l'intention de vendre ces maisons qu'il décrivait si bien ! J'aime assez cette boutade d'un poète logé au sixième étage, mais certainement, on le voit surtout à la façon dont il en parle, Pline le Jeune n'avait guère envie de se défaire ni de sa *Tragédie,* ni de sa *Comédie,* ni de sa maison des Apennins, ni de sa villa du Laurentin. Vous allez à Laurente à cheval; deux routes vous y mènent : le chemin d'Ostie et celui de Laurente; les deux routes sont belles, un peu sablonneuses, mais en belle vue, mais entourées de pâturages pleins de moutons, de bœufs, de chevaux. La maison est petite, la cour est riante, une galerie vitrée vous conduit dans une belle salle à manger qui donne sur la mer; les portes sont à deux battants, les fenêtres sont aussi hautes que les portes : dans le lointain, des bois et des montagnes bornent la vue, du côté opposé au rivage. La bibliothèque est garnie par excellence de ces livres qu'on ne peut trop lire et trop relire; — du bain même, un bain en pleine eau douce, vous voyez bondir et folâtrer les vagues de la mer. — Le jeu de paume n'est pas oublié, il est à l'ombre de cette tour d'où la vue domine la Méditerranée et les campagnes environnantes. Au sommet de cette tour Pline dîne souvent, — ou bien, s'il veut se recueillir en lui-même, il dîne tout au bas, dans un frais souterrain où c'est à peine si l'on entend le bourdonnement du flot qui monte, du flot qui descend. Le jardin de ces belles demeures se compose de plusieurs allées bordées de bois et de romarin, remplies de vignes, de figuiers, de mûriers. Vous trouvez ensuite une seconde galerie voûtée, un potager plein de légumes; la forêt vous donne son bois, la mer ses poissons, le village ses denrées, la génisse son lait, l'écho son bruit jaseur, le soleil son grand jour, et la nuit ses étoiles brillantes! — Belles campagnes, dignes d'un consul! Là on peut se recueillir cinq ou six heures chaque jour; là on peut être à la fois augure et laboureur, préfet du trésor et berger, avocat et poète, agriculteur et amateur de tableaux, de statues, de *bric-à-brac,* si nous pouvons exprimer une passion toute romaine, par un mot tout français. C'est une noble ardeur de grand seigneur, cette curiosité pour les livres, pour les tableaux, pour les statues, les ouvrages de ciselure, les chefs-d'œuvre de la gravure sur pierre, les vêtements somptueux, ces buffets élégants, ces coupes d'argent ciselé, les cachets, les vases, les œuvres délicates des artistes de la Grèce; chaque Romain de ces temps d'opulence et de luxe avait son musée, comme il avait autrefois ses dieux domestiques.

Pline, sans nul doute, aurait aimé tout comme un autre, mieux qu'un autre, car il avait le sentiment le plus vif des belles choses, cet entassement des plus rares chefs-d'œuvre, mais la modération de son esprit s'opposait à ces jouissances égoïstes. Il se disait que les chefs-d'œuvre doivent être comme l'eau des fontaines, qui coulent pour tous ceux qui ont soif, et il ne comprenait pas ce malheureux privilége de la fortune qui permet, à un seul homme, d'accaparer, pour lui tout seul, les grands modèles des arts, dont la contemplation est déjà une étude; il aimait les musées, mais les musées publics, et s'il rencontrait en son chemin quelque bel ouvrage, il l'achetait pour le donner à tout le monde. « J'ai acheté « une figure d'airain de Corinthe [1], petite à la vérité, mais d'un

[1] Livre III, lettre VI

» fort beau travail. Elle est nue ; on peut en voir les défauts et les » beautés, les os, les muscles, les veines et les nerfs, les rides » même : on dirait d'un homme vivant ! Le front est large, le » visage est étroit, le cou est maigre ; c'est bien là un vieillard en » chair et en os, et la couleur du bronze ajoute à la vraisemblance. — » Je n'ai pas la vanité de garder, pour moi seul, ces mille ornements » d'une maison que je veux faire simple et modeste, et je vous envoie » ce bronze pour que vous le placiez dans le temple de Jupiter. — » Faites faire, à ma statue, un piédestal du plus beau marbre, sur » lequel vous graverez le nom et les titres de votre ami. »

Son nom et ses titres! les esprits mécontents vont se récrier : *à la vanité!* Mais, je vous prie, où est le grand crime? où est le danger de laisser au travail, au talent, à la vie honnête, un peu d'orgueil? La vanité, c'est une compagne consolante, sans laquelle la vertu même n'irait pas aussi loin qu'elle peut aller ; la vanité, c'est bientôt dit à qui veut s'excuser de sa lâcheté, de sa paresse, de son orgueil injuste, de cette vie inutile et nonchalante, qui passe comme *l'ombre d'une fumée* [1], mais celui-là qui aime vraiment la gloire, et qui veut atteindre à ses rudes sommets, ne lui reprochez pas de songer à la reconnaissance de l'avenir ; ne lui ôtez pas sa récompense, son espoir, son courage! Fi de ces demi-dieux qui ne sont même pas des hommes, haine aux nations qui élèvent des temples à des insensés dont on ne ferait pas des portiers ; laissons crouler, sans nous en inquiéter, ces grandes colonnes fondées sur de si petites bases, mais un honnête homme, actif, zélé, ardent, ingénieux, dévoué à son œuvre, dévoué avec joie sinon avec modestie, voulez-vous donc lui faire un reproche d'aimer cette récompense qui ne coûte rien à personne, la renommée, la gloire, ces nobles couronnes des fronts blanchis par le travail, qu'il faut mériter chaque jour, si l'on veut les retrouver le lendemain à son réveil? — Et voilà comment on se sert de ces victoires de la renommée, en n'en jouissant pas [2].

[1] Pindare.

[2] Ce que Florus dit ingénieusement d'Annibal. — *Quum victoria posset uti frui maluit* : Il pouvait se servir de la victoire, il aima mieux en jouir.

Mais s'il faut étudier ce Romain d'autrefois, non-seulement dans ses amitiés, dans son esprit, dans son talent, dans cette éloquence précise et saine, ornée de souplesse et de grâce, qui a été, avec la vertu, la grande étude de sa vie, il le faut encore étudier dans la sage administration de sa fortune. Pas un bourgeois, de nos jours, même parmi les pince-mailles et les fesse-mathieu, âmes viles qui ne jugent des hommes que par leur bien, et qui n'accordent leur estime qu'aux morceaux de terre que chacun possède, ne s'entend, mieux que Pline, à disposer, à réparer, à cultiver, à arrondir ses héritages. Il a envie de cette terre, il la peut payer comptant, le terroir est gras, fertile, arrosé, la terre produit du blé, du vin, du bois et puis c'est si amusant de changer d'air en voyageant d'une maison à l'autre! Mais encore faut-il savoir, avant de l'acheter, ce que produira ce domaine. Que dit-on du fermier? Est-il solvable? Est-il habile? Ce n'est pas la peine d'ôter cet argent du commerce où il circule, pour diminuer son revenu. « Quant à la somme, soyez tranquille, mon cher Calvitius : si je » n'ai pas toute la somme, ma belle-mère me prêtera le surplus! »

Que si vous voulez faire un bon placement d'argent, achetez, croyez-moi, des terres aux environs de Rome; la terre augmente de prix dans toute l'Italie, mais surtout à Rome. Dernièrement encore une loi nouvelle exige, pour éviter la corruption, que ceux qui aspirent aux dignités aient au moins le tiers de leur bien en fonds de terre : tant c'était chose indécente, en effet, que les magistrats de Rome traitassent Rome comme un lieu de passage! — Cette loi a fait doubler le prix des terres, et les ambitieux les achètent à tout prix. Rome, en effet, c'est le rang, c'est la gloire, ce sont les amitiés illustres, c'est la tête d'un empire de cent vingt millions d'hommes, renfermés dans une ligne fabuleuse de mille lieues, d'Orient en Occident; là on parle la grande langue romaine, là se débattent les affaires du monde, l'univers est en cause, même dans la conversation de Rome! Eh! comment dire adieu pour longtemps au champ de Mars, au champ de Flore, au théâtre de Pompée, au cirque Flaminien, à la voie Sacrée, au Capitole, au temple de Jupiter? « C'est là, dit Tacite, que nous dévorons les richesses de l'univers; esclaves et maîtres, tout travaille pour nous! » Donc tenez-vous à l'ombre sainte de la ville éternelle! ne la quittez pas! La Lucanie, la Campanie, c'est beau à chanter, mais restez à Rome! Il ne s'agit pas de veiller ou de dormir à son gré : il s'agit de gouverner Rome, de vivre à Rome, d'agir à Rome! La ville vous fera paraître votre maison des champs plus charmante, surtout si vous trouvez votre domaine en bon état et votre fermier en argent comptant. « J'ai vendu mes vendanges, et » j'ai été obligé de faire la remise d'un huitième sur le prix qu'on » m'en avait offert; puis, outre la remise de ce huitième, j'ai » fait encore la remise d'un dixième. Tout le monde me loue : » mais je suis revenu ruiné[1]! »

Viennent ensuite les orages, la grêle, les inondations; le Tibre est débordé, il remplit les vallées, il coule par les campagnes, il va au-devant des fleuves qu'il a coutume de recevoir et d'emmener avec lui. L'Anio, le plus doux des ruisseaux, s'enfle et s'emporte; il a déraciné les beaux arbres qui lui donnaient de l'ombre en été, et le voilà qui entraîne les charrues tout attelées, les bœufs, les moutons, les laboureurs...... « Adieu ma récolte! Je vous ferai voiturer, en guise de vin nouveau, de petits vers nouveaux de ma façon! » Vous voyez que malgré tant de soucis notre homme a pris bien vite son parti de ses pertes. C'est qu'en effet cet homme est aussi intelligent que généreux; il n'a pas fait de l'ordre une vertu morne et sombre, mais au contraire une qualité gaie et bienfaisante, remplie de plaisirs justes et purs; il ne tient pas à grimper péniblement jusqu'à ces sommets escarpés de la philosophie sur lesquels on ne reste pas assis une heure, il s'en tient à des vertus plus modestes, et il n'ira pas leur fermer la porte de son âme, parce qu'elles seront assistées de quelques petits vices, inséparables de la faiblesse humaine. Il sait que l'argent est un bon valet et un mauvais maître, et il s'en sert en maître absolu : ses revenus suffisent à ses besoins, il veut que sa maison soit libre et son âme aussi. En vain Rome a fait de la Fortune la première des déesses, ni ces

[1] Livre VIII, lettre II.

temples, ni ces chapelles, ni ces sanctuaires nombreux, ni ces statues de la Fortune ne sauraient décider ce brave homme à faire violence à la justice, à la bonté, à sa bienveillance naturelle. Héritier d'une dame romaine, il trouve dans le testament de cette dame : *Je lègue à Modestus, à qui j'ai donné la liberté*... Mais Modestus n'a pas été affranchi, mais le legs est nul, mais l'héritier peut garder l'esclave et l'argent, Pline affranchit l'esclave et lui donne le legs qui lui revient! Cet homme, qui a porté le deuil de tous ses amis, pleure même ses esclaves! « Ce qui me console » un peu de les avoir perdus, écrit-il, c'est qu'au moins je les ai » affranchis et qu'ils sont morts libres! » Ceci dit, il s'applique ce vers d'Homère, avec un juste orgueil :

Il avait pour ses gens une douceur de père !

Et notez bien qu'il n'avait pas été obligé d'aller à l'école de Zénon pour apprendre à désarmer son orgueil.

Nous arrivons ainsi, par ce sentier des plus studieux labeurs et des plus sincères vertus, à ce moment solennel dans la vie de Pline le Jeune, lorsqu'après avoir passé par toutes les dignités romaines, soldat, avocat, juge, préteur, préfet du trésor, consul, gouverneur de Bithynie et de Pont, commissaire de la voie Émilienne, augure enfin [1] cet homme, d'un si bon et d'un si droit génie, qui avait été toute sa vie un modèle d'honnêteté dans les mœurs, d'égalité dans le caractère, se trouva, par ses titres, par son esprit, par ses vertus, par ses services passés, par son courage, au niveau de l'amitié de Trajan.

« Cherchez dans toute la nature et vous n'y trouverez pas de

[1] « Vous vous réjouissez avec moi de ma promotion à la dignité d'augure, et » vous avez raison : il est toujours honorable d'obtenir l'approbation d'un prince » aussi sage que le nôtre ; ce sacerdoce est non-seulement vénérable par son » antiquité, mais il a cet avantage, sur tous les autres, qu'il ne se perd qu'avec la » vie !.... Ce qui vous en plaira davantage, c'est que Cicéron fut augure ! Plût » aux dieux qu'après être parvenu, beaucoup plus jeune que lui, au consulat et » au sacerdoce, je pusse, au moins dans ma vieillesse, posséder une partie de » ses talents ! » (Livre IV, lettre VIII.)

« plus grand objet que les Antonins! » Grande louange, quand on songe qu'elle est prononcée par Montesquieu!... Cette ère glorieuse de quatre-vingts ans de bonheur et d'honneur pour l'espèce humaine, cette halte heureuse dans la servitude universelle, elle commence à Trajan. Non, ce monde romain, quand il a accompli toute sa tâche, ne peut pas ainsi disparaître, comme un empire d'un jour, il faut que son éternité lui serve du moins à mourir avec grandeur, et enfin ce serait calomnier la Providence qui a fait Rome si grande, que Rome manquât, dans son agonie, de cette majesté divine, qui est un des caractères de sa force, de sa vie : non, elle ne va pas disparaître, cette Rome toute-puissante (*Roma aurea*, disent les sceaux de Charles-Quint), sous les cruautés de Tibère, sous les folies de Caligula, sous l'imbécillité de Claude, sous la fureur sanglante de Néron, sous la gourmandise de Vitellius. — Un homme, dans ses vices, ne viendra pas à bout de détruire les grandeurs élevées si haut par tant de siècles de constance, de liberté, de génie et de vertu! — Les dieux même de l'Olympe, ces dieux éternels qui vont mourir... ces dieux qui sont morts, aux premiers cris du vagissement divin de l'enfant de Bethléem, n'ont pas abandonné, dans leur agonie, la ville fidèle à Jupiter. De grandes âmes ont brillé, parmi les âmes viles du trône impérial; Galba nous console de Néron, Othon compense Vitellius, Vespasien rebâtit le Capitole; soyez loués, justes dieux, qui donnez Titus au monde, pour faire paraître plus abominables les lâchetés de Domitien! Salut enfin à Nerva, qui précéda Trajan, comme l'aurore matinale précède le grand jour! Que ce moment romain est plein de joie, de gloire, d'espérance, d'orgueil! Ces longs navires partent pour tous les écueils de toutes les mers, tout chargés de délateurs, pendant que les armées romaines se réveillent, dans les camps où elles paraissaient oubliées, et saluent d'un transport unanime, ce nouvel empereur qui va mener à la bataille les aigles, dieux de la guerre [1].

Marchez, aigles triomphales, relevez l'honneur des armes ro-

[1] Bellorum deos, Tacite.

maines, et prenez votre vol au bout du monde, Trajan va vous suivre! Le temps n'est plus où le Danube insultait au Tibre, où le Dace défiait la majesté du peuple romain; Trajan, pareil à Jules César pleurant à la vue de la statue d'Alexandre, veut marcher sur les traces de l'homme de Macédoine, les Parthes sentent sa présence, il se promène en vainqueur dans l'Arménie, dans l'Assyrie, dans l'Odyssée et dans l'Iliade d'Alexandre. Au pied de Trajan les rois barbares déposent leur sceptre humilié. — Reprenez-les, leur dit-il, Rome vous en garantit la possession. — Donc à l'orient les Scythes, à l'occident les Bretons et les Maures, au midi l'Arabe, au nord les mille nations guerrières qui s'étendent de la Batavie au Pont-Euxin; de la crète des montagnes qui servent de boulevard à la péninsule Italique, du Tibre à l'Euphrate, le monde, étonné du fracas de ces victoires, célèbre l'héroïsme de Trajan. Il a ramené le temps où l'Euphrate était une limite de la carte de Rome et ces jours triomphants où les Romains ne reconnaissaient pour bornes à la carte générale de la terre, que les bornes de leur empire. — Victoire à ce dieu propice! Rome fait plus de cas de Trajan que de ses dieux! Étonnez vous donc que la louange de Trajan remplisse la terre et le ciel! Étonnez-vous donc que le plus grand orateur du règne de Trajan, ébloui de tant de victoires, de tant de bienveillante grandeur ait tâché de raconter à l'avenir, les merveilles de ce règne divin! Il faut dire cela à la louange de l'éloquence romaine qu'elle était restée la plus digne récompense qui se pût accorder à la gloire et à la vertu. Dressez jusqu'au ciel vos arcs de triomphe, taillez dans le marbre un peuple de statues, bâtissez des villes qui portent le nom de votre héros; non loin des bains de Titus et du portique de Claudien, dressez la colonne Trajane, environnée de son vaste portique; multipliez les amphithéâtres, les aqueducs, les palais, les grandes voies à travers les forêts sauvages, frappez des médailles, écrivez vos inscriptions sur le bronze, apprêtez, pour votre héros les pompes même du triomphe, cette apothéose de la terre, dont les dieux sont envieux dans le ciel; ni vos chars de triomphe, ni votre bronze, ni vos marbres, ni ce peuple qui jette des lauriers ; les temples même, oui ! les temples, la statue adorée à genoux, l'autel fumant du sang dès victimes, le césar invoqué comme un dieu à la vapeur de l'encens..... les jeux brillants de la victoire, les grands honneurs (*dii majorum gentium !*), si peu semblables aux petits honneurs dont se contentent les nations modernes (*dii minorum gentium*), ne valent pas, pour l'éternité de la gloire, une page de l'historien, un vers du poète, une période de l'orateur !

Pline avait appris, à l'école de Quintilien, cette confiance que donne la conviction mêlée à l'éloquence ; il se rappelait le mot moitié bouffon, moitié sérieux de cet empereur qui va mourir : — *Je sens que je deviens dieu !* et il se mettait à mépriser les autels de ces dieux ensevelis dans la pourpre impériale ; en même temps il se rappelait que l'empereur Auguste regardait le monde comme un vaste théâtre, dont les hommes étaient les histrions [1], et il ne voulait pas, pour Trajan, son héros, de ce piédestal croulant et sans honneur. La colonne de Trajan ! c'est le chef-d'œuvre de l'art grec, mêlé à la richesse romaine ; arc de triomphe et mausolée tout ensemble, elle portait dignement les cendres de l'empereur, dans cette urne d'or dont la tête se perdait dans le ciel. Eh bien ! une colonne Trajane eût été élevée avec le même zèle, dans les onze cent quatre-vingt-dix-sept villes que comptait l'Italie, Pline le Jeune n'eût pas renoncé à écrire son admirable Panégyrique de Trajan : — « C'était un des devoirs de mon consulat de faire » aimer encore davantage ces vertus de l'empereur, et d'indiquer » par son exemple, mieux encore que par tout autre motif, la » route de la solide gloire [2]. »

Au reste, c'était l'usage romain d'écrire, même de leur vivant, les louanges des grands hommes. L'auteur de la *Vie d'Agricola*, cette louange immortelle, Tacite, venait d'écrire un panégyrique du consul Virginius [3], Alexandre le Grand avait eu son panégy-

[1] « Ai-je bien joué la farce de la vie ? » disait Auguste à son lit de mort.

[2] Livre XVIII, lettre III.

[3] Ce panégyrique est perdu.

rique composé par Isocrate, à telles enseignes que l'orateur grec avait été plus long à écrire la louange du grand capitaine, que le capitaine à prendre l'Asie. Heureuse l'éloquence quand elle rencontrait des héros véritables, quand elle n'était pas semblable à ces âmes en peine dont parle Lucien (Lucien vient de naître sous Trajan), *qui promènent des mots dans le vide!* heureux l'orateur qui se servait de la louange, comme d'un merveilleux diamant que l'habile ciseleur enchâsse dans un noble métal! Artiste et magistrat, Pline devait tenir doublement à composer cette œuvre que lui demandait Rome tout entière. A vrai dire, l'entreprise était difficile car il s'agissait de léguer à la postérité, un digne éloge d'un prince accompli; mais aussi la récompense était grande, laisser après soi une œuvre de génie qui soit comme le portrait d'un grand homme, ouvrir son âme à l'espérance d'une félicité sans terme, pour le genre humain, s'abandonner librement à son inspiration, sans jamais redouter d'aller jusqu'à l'impossible. Quintilien l'avait dit : *Tu peux aller au delà du vraisemblable, mais non pas au delà de toutes les limites;* ou, comme dit un autre esprit de la même trempe[1] : *Vouloir porter trop haut une hyperbole, c'est la détruire.* Mais cette fois le danger de l'hyperbole disparaissait dans la gloire célébrée, ou du moins, de cette hyperbole méritée, l'univers se faisait le complice. Rome entière, la tête du monde intelligent, se portait en foule chez l'orateur pour écouter à l'avance, quelques fragments du Panégyrique sacré, et cette même ville, qui ne trouvait jamais le temps d'assister à ces lectures intimes, resta trois jours attentive aux premiers essais de son consul. On applaudissait, on battait des mains, on saluait avec une joie réelle, cette louange du très-excellent empereur; on disait de tous côtés, et il faut croire la voix du peuple, elle ne sait pas flatter, que cette fois enfin la récompense de ce grand homme était trouvée, une récompense à peu près digne de la grandeur de son âme et de sa gloire, c'est-à-dire un éloge dicté par le suffrage universel, destiné à passer entre les mains, sous les yeux, dans le cœur, dans

[1] Cousin. *Traité du sublime.*

la mémoire de tous les mortels, et qu'enfin Trajan, le roi philosophe, célébré par Pline, l'honnête homme, ne serait pas entouré des mêmes louanges, louanges souillées, louanges banales, qui avaient servi déjà à tant de monstres couronnés [1].

Justes honneurs, honneurs mérités et tout nouveaux ces honneurs du panégyrique de Trajan, quelque chose de pareil devait s'agiter dans l'âme de la nation française, quand le grand Bossuet mettait la dernière main à ce chef-d'œuvre de son ardente et éloquente vieillesse : l'oraison funèbre de Henri de Bourbon, prince de Condé! Ce panégyrique de Trajan était attendu non pas seulement par la Rome éternelle, mais chez les peuples les plus éloignés de l'empire, sur les rives du Rhin, sur les bords du Danube, dans la Bretagne séparée du monde, par tous les peuples domptés et par les quarante-quatre légions qui les avaient domptés, par les consuls, par les tribuns, par les sénateurs, par les prêtres, par le peuple, par les enfants, par les vieillards, par les Barbares, par cet écho unanime de l'univers ressuscité et glorifié! — Sans nul doute lorsque maintenant, à tant de siècles de distance, vous relisez de sang-froid cette vaste composition, d'un style élégant, antique, latin, disposée avec tant d'ordre, de finesse et d'éclat, vous vous étonnez, à certains passages, que la louange puisse aller si loin pour un homme vivant... Hélas! c'est que nous ne savons plus admirer, c'est que nous n'osons plus applaudir, c'est que nous n'avons pas, superbes que nous sommes, le courage de nous avouer à nous-mêmes, qu'un homme puisse obtenir, à force de génie et de bonté, cette importance paternelle et royale dans les destinées d'une nation, c'est que cela humilie notre orgueil de révolutionnaires et de bourgeois, de lever les mains jusqu'au trône en nous écriant : — *Seigneur, sauvez-nous! nous périssons, Seigneur!...* Les Romains pensaient autrement, ils étaient assez grands pour tout admirer et pour admirer tout à leur aise; ils avaient cette grandeur sainte qui consiste à aimer les bienfaits et à les reconnaître; éprouvés si longtemps par l'épouvantable tyrannie

[1] *Plurimos honores pessimo cuique delatos.* Livre VI, lettre XXVII.

des empereurs, dépouillés de leurs priviléges, incessamment courbés sous le gouvernement arbitraire de cinq ou six monstres, ils en étaient réduits à pleurer leur impuissance, comme des enfants et des femmes. Oui, ces mêmes vainqueurs de l'univers, ces descendants des plus grands hommes de la ville éternelle! Tant de victoires, tant de persévérance et de courage, tant de conquêtes et de trésors, tant de rois, évanouis devant la majesté du sénat, pour arriver à ces terreurs, à ces hontes! Vous jugez donc de la joie de Rome renaissante sous ces grands empereurs; vous jugez de son orgueil quand elle se sentit délivrée par Trajan; vous jugez de cet impérissable fanatisme du genre humain tout entier qui échappe aux fureurs imbéciles ou féroces de ses tyrans! Titus renaissait sous la couronne de Trajan! Domitien restait écrasé sous le pied de Trajan! Le règne de Trajan c'est le plus grand des règnes, c'est le bonheur, c'est la gloire; cette fois, par une de ces alliances presque impossibles, l'homme politique est égal au capitaine, le cœur de ce grand homme vaut son esprit, son génie est complet, son âme est belle, noble et grande: — *l'homme le plus propre à honorer la nature humaine et à représenter la divine.*

Aussi rien ne pourrait donner une juste idée de l'étonnement et de l'admiration du monde romain quand il se sentit abrité sous le génie bienveillant de ce grand homme. Voilà d'où venait aux Romains tout cet enthousiasme! voilà pourquoi le panégyrique de Trajan, écrit par leur consul, devenait un événement immense! On eût dit, à voir la joie publique, que le genre humain tout entier pressentait, dans la gloire de Trajan, la valeur d'Adrien, la vertu des deux Antonins, en un mot, les dernières promesses de l'avenir. Aussi les hommes de cet empire s'abandonnaient librement à leur transport; ils chantaient, à haute voix, les louanges du *père de la patrie*, ils étaient fiers de leurs respects, ils se disaient: — Le voilà, ce maître bon et grand, et juste et glorieux! voilà notre César! fassent les dieux qu'il nous soit conservé[1]! Ainsi

[1] Ils disaient de l'empereur Auguste: *Plût au ciel qu'il fût encore à naître ou qu'il fût encore à mourir!*

ils parlent, en véritables enfants de l'Italie, avec l'expansion ingénue de la liberté, et de la vie honorée; éloquence un peu verbeuse, je le veux bien, quelque peu enflée de l'orage et de la peur des guerres civiles, à la bonne heure; elle est bruyante, elle est vivante, elle est colorée, elle vous représente le bruit du tonnerre dans un ciel serein; oui, mais elle est sincère, et pour expliquer toute ma pensée, — comparez cette éloquence du panégyrique à l'abominable silence qui se fait soudain autour des mauvais empereurs, quand, par exemple, Néron s'abîme dans sa tombe, toute remplie de mépris, de vengeance, d'indignation : — *L'univers ayant souffert ce monstre pendant quatorze ans, à la fin il l'abandonna* [1].

C'est donc une chose étrange de voir un Italien, un poète, un poète dramatique, Alfieri, prendre à partie Pline le Jeune pour avoir loué, avec autant d'épanchement que de penchant, un prince qui ramenait l'âge d'or des anciens triomphes et des anciennes libertés! De cette louange unanime, de cette louange de l'univers que la postérité a confirmée, Alfieri fait une satire qu'il écrit *en latin!* Et, dans cette satire, il s'applique à ne rien voir de ce grand règne; il se met à conseiller ce maître du monde que gouvernaient la sagesse et la vertu; il veut instruire, à son propre exemple, les vertus de Trajan; il arrange, il dispose à sa façon les triomphes et les bonheurs de ce nouvel âge d'or, que le sénat romain célébrait encore au bout d'un siècle et demi, lorsqu'il souhaitait au nouvel empereur la fortune d'Auguste, la bonté de Trajan [2]. En un mot, Alfieri, le républicain de 1789, ne veut pas voir, ne veut pas comprendre que désormais la république romaine est impossible, il ne veut pas se souvenir qu'à la mort de Caligula et après une abdication volontaire de soixante-dix ans, le sénat avait tenté de sortir enfin de cette longue obéissance; poussé par ses consuls, le sénat s'était réuni dans le Capitole, et là, sur le trône occupé naguère par Caligula, par Néron, les sénateurs avaient

[1] *Tale monstrum per quatuordecim annos perpetuus terrarum orbis destituit.* — Le mot est de Suétone; Tacite n'eût pas mieux dit.

[2] *Felicior Augusto, melior Trajano.* Eutrope, liv. VIII, § 5.

voué à l'exécration de l'avenir, la famille des Césars.... Vains efforts! Pendant que ce sénat impuissant promulguait l'indépendance des lois romaines et l'autorité des consuls, quelques soldats prétoriens rencontraient dans les latrines de *la maison Dorée* un imbécile dont ils faisaient un empereur! Mais de quel droit, ce faux républicain et ce mauvais poète Alfieri, a-t-il osé entreprendre cette singulière satire de Trajan?

Vous, au contraire, vous relirez avec zèle, avec respect, le *Panégyrique de Trajan;* c'est le morceau le plus accompli qui soit sorti de la tête de Pline l'orateur. Dans ces pages, brillantes de tous les feux d'une auréole, Pline a déployé l'abondance et la grâce infinie de sa parole; à chaque mouvement de ce grand travail, d'une perfection trop achevée peut-être, mais quel plus beau reproche? on comprend que le monde entier écoute, attentif, cet orateur chargé d'une cause si glorieuse. Pline est consul, il est citoyen de Rome, il est sénateur, il est augure, il parle devant le peuple, il parle devant les dieux, il entreprend un discours d'actions de grâces, il faut donc que sa parole soit tout à la fois un cantique et une prière à ce demi-dieu honoré du triomphe :

> Cui laurus æternos honores
> Dalmatico peperit triumpho.

« Heureux empire, heureux empereur; » et nous qui l'écoutons, nous pouvons ajouter : heureux orateur, qui peut parler de toutes les vertus humaines, sans redouter que cette louange se change en reproche; heureux orateur, qui attache son œuvre à un nom immortel, le nom de cet empereur, fils de la paix, fils de l'adoption, présent du ciel réconcilié avec la terre! L'admiration, la reconnaissance unanimes des citoyens, et non pas le cri des oiseaux de l'augure, ont salué Trajan montant au Capitole. En mêlant sa voix à ces cris de triomphe, l'orateur entre, tout d'abord, dans son sujet, calme et véhément tour à tour; pour bien faire, il salue avec transport l'enfant adoptif de Nerva, ce sage vieillard. — Nerva est devenu le père de Trajan, parce que Nerva était le père des Romains, et cette fois Rome obéit à un maître qui ne lui a pas été imposé par l'aveugle caprice des soldats ; mais aussi quelle autorité dans Trajan ! Il est lieutenant, il est soldat, il est général, il s'applique à rétablir l'ordre et la beauté des lois, il est grand de sa propre grandeur.... *Magnæ spes altera Romæ!* Honte aux autels que Tibère fit élever à Auguste, comme autant de piéges de lèse-majesté ! Honte aux autels de Claude, cette dérision amère de Néron ! Trajan n'en veut qu'à l'apothéose du peuple ! Et cependant le soldat l'aime et l'admire, car il vient de rendre aux soldats le combat d'autrefois, car il marche à leur tête dans toutes les mêlées, car on dirait, à le voir, quelque noble enfant des Fabricius, des Scipion, des Camille. — Trajan, c'est le soldat des vieilles guerres ; il porte la vieille armure et à la vieille mode des époques héroïques ; il a conquis son premier laurier chez les Parthes ; il a réuni dans la même obéissance, le Rhin et l'Euphrate, les Pyrénées et les Alpes ; héros de dix campagnes, on ne saurait plus compter les champs, arrosés de son sang et de ses sueurs ; quels arbres si lointains n'ont pas abrité ses repas militaires, quelles roches si sauvages n'ont pas abrité son sommeil ? Victoire et triomphe de Trajan ! Cette fois il ne s'agit point de victoires volées, de triomphes menteurs, de butin dérobé aux alliés de Rome, tout est vrai dans cette gloire, tout est vrai dans cette modestie, tout est vrai dans cette admiration. — Quand Trajan passe dans les provinces, la paix le salue ! — On reconnaissait le héros non pas à la pompe de son char, mais à la mâle beauté de son visage. Les nations battaient des mains, les enfants et les vieillards quittaient leurs demeures, le malade quittait son médecin, les femmes se réjouissaient d'être fécondes ; point de satellites, point de soldats, mais l'élite du sénat, mais la fleur de l'ordre équestre, mais tout le peuple qui crie : Victoire ! C'est le roi des triomphes ce triomphe à pied, dans la foule, sans clairons, sans trompettes, sans fanfares, chacun tendant une main amie à ce grand homme qui reconnaît ses fidèles et qui les appelle par leur nom. A la suite de Trajan, marchent la paix, la fortune, l'abondance !

Tutus bos, etenim rura perambulat :
Nutrit rura Ceres, almaque faustitas....

ou comme disait le poète Régnier pour Henri IV :

> Partout le villageois entonnant tes louanges,
> Riant, coupe ses bleds, chantant, fait ses vendanges.

L'Égypte nourrissait Rome autrefois, au temps de Trajan c'est Rome qui nourrit l'Égypte ; le Tibre rend au Nil ses richesses et ses moissons ; l'Italie de Trajan est devenue le grenier du monde ! Même les jeux et les spectacles du peuple romain prennent un aspect tout nouveau ! Le peuple ne veut plus de ses bouffons et de ses farceurs, il lui faut des spectacles de guerre ; mais en guise de bandits et de voleurs, Trajan jette dans l'arène la bande des délateurs, pires que les assassins et les brigands. Les voilà donc, ces rois pervers du forum ! les voilà, le cou renversé et la tête en arrière, vous pouvez contempler leurs faces hideuses. O Trajan ! Rome entière te remercie de l'avoir délivrée de cette peste ! Grâce à toi maintenant, le trésor public, dont les délateurs avaient fait une caverne, le trésor public est un temple ! Grâce à toi le fils hérite de son père, sans être forcé d'abandonner au fisc la moitié de l'héritage paternel !

Donc nous voilà bien loin des cruelles époques où tous les vœux de l'univers *étaient d'avoir un prince qui valût mieux que le plus méchant des hommes !* Trajan assujettit l'empire romain à force de gloire ; la vie est assurée à tous, et en même temps la dignité de la vie. La vertu, sous le pouvoir d'un seul, jouit des mêmes récompenses que sous la liberté ; les hommes se trouvent bien de la probité, car Trajan réserve, pour les honnêtes gens, les dignités, les sacerdoces, les provinces. Entrez, qui que vous soyez, le palais impérial est ouvert, vous y trouverez l'accueil généreux et cordial d'un grand prince ; plus d'embûches, plus de tortures, plus même de ce silence glacial dont s'entourait la divinité tremblante de ces lieux pleins de crimes et d'horreurs. Trajan veut qu'on l'aime et non pas qu'on le craigne ; sa table frugale brille bien moins par l'éclat de l'or et par l'ordonnance des festins que par la douceur et l'agrément de son commerce ; il a chassé les bouffons de sa maison, comme il les a chassés du théâtre ; l'orgie lui cause autant de dégoût que de pitié, orgie de l'esprit, orgie des sens, saturnales de toutes les nuits, fêtes horribles mêlées de sang et de vices, bourreaux mêlés aux courtisanes, vous ne déshonorez plus les fêtes de César. Modéré dans ses dépenses, l'empereur sait regarder, d'un œil satisfait, le bien d'autrui, et ce n'est plus un crime aujourd'hui de posséder une belle maison, un tableau célèbre! — Le Consul va ainsi, écrasant, par les vertus de Trajan, les vices de ses prédécesseurs! chacune de ses louanges au bon empereur, est une accusation contre les tyrans présents et à venir. Les habiles ont reproché à ce Panégyrique, je ne sais quelle teinte uniforme, pourtant plus d'un passage austère et energique fait reconnaître l'ami de Tacite; autant l'admiration de Pline est vraie, sincère, autant son indignation est profonde et bien sentie : il faut l'entendre se moquant de ces faux empereurs qui souillaient la majesté des dieux et le parvis sacré des temples, par l'image banale de leur majesté d'un jour. Aussi on les brise avec joie ces dieux que l'on a adorés avec crainte; on les traîne aux gémonies, ces histrions couronnés qui se sont élevé des temples à eux-mêmes, on efface leur nom du calendrier romain, on voudrait pouvoir l'effacer de l'histoire. En ce moment l'énergie de Pline égale sa colère, puis revenant par ce détour sanglant à ce bon prince, l'objet de ses louanges éternelles : « O, s'écria-t-il, ô que vous êtes heureux! » Heureux! c'est tout dire. — Trajan est au comble de la félicité, c'est-à-dire au comble de la gloire! — « Et quand nous parlions de la sorte, César, ce n'était point votre fortune que nous admirions, mais votre âme. »

Telle est l'idée incomplète mais juste de ce Panégyrique célèbre. L'empereur y est grand sans doute, mais la nation romaine n'y perd aucun de ses droits, et cette belle louange, à force d'être méritée par un seul, semble rejaillir sur tant de millions d'hommes qui l'écoutent. Le héros, le capitaine, le magistrat, l'ami, le citoyen, l'empereur nous apparaissent dans cette oraison vivante du plus ferme, du plus juste et du plus doux des maîtres. Consul et réellement consul par la bienveillance de Trajan, Pline pouvait dire à son tour, comme Virgile, dans l'églogue à Pollion, *non injussa cano*, et il s'honore lui-même dans cet éloge que lui demandait le monde entier; maintenant encore la postérité reconnaissante partage cet enthousiasme, et nous tous, témoins étonnés de tant de gloire, de vertu, de liberté, rencontrées en plein empire romain, nous nous prenons à nous réjouir de ton bonheur, ô chère ville du grand Jupiter [1] !

Trajan accepta ce panégyrique comme il eût accepté, des villes reconnaissantes, la couronne de chêne; dans sa sagesse, il trouva que le consul l'avait loué assez dignement pour qu'il en fît son conseil [2] et pour qu'il restât son ami. Chargé du gouvernement de Pont et de Bithynie, ce vaste monument de trois dynasties que Nicomède avait légué aux Romains [3], il se montre digne d'avoir écrit le *Panégyrique de Trajan;* son grand secret le voici en trois mots : *parler peu, écouter beaucoup, ne pas se mettre en colère* et aussi garder avec soin l'honneur des mœurs [4]. Alors s'établit, entre l'empereur et le proconsul, une correspondance admirable dont quelques parties nous ont été conservées. Pline écrit de bon sens, simplement, en peu de mots; l'empereur envoie à Pline, écrites d'un style exact, vigoureux et sentant son empereur, des lettres couronnées de lauriers [5]. « Autant de lettres, s'écrie un autre correspondant d'un autre Trajan [6], autant pour moi de consulats.

[1] Et Corneille :

. . . .
Votre Rome à genoux vous parle par ma bouche.
Considérez le prix que vous avez coûté :
Non pas qu'elle vous croie avoir trop acheté ;
Des maux qu'elle a soufferts elle est trop bien payée.

[2] « L'empereur m'a fait l'honneur de m'appeler au conseil qu'il a tenu dans » sa maison des cent chambres, et ce fut une grande joie pour moi, de voir de » très-près la justice, la majesté et l'affabilité de ce bon prince, dans la retraite » où elles se manifestent davantage. Livre VI, lettre XXI.

[3] Le roi Nicomède obtient une grande louange de Pline *le Naturaliste*. Pline raconte que le roi de Bithynie avait offert aux habitants de l'île de Gnide, de payer leurs dettes, à condition qu'ils lui donneraient la Vénus sans voile, la Vénus de Praxitèle. Les Gnidiens rejettent les propositions du roi Nicomède, ils gardent leurs dettes... et leur Vénus. (*Mémoires de l'académie des inscriptions et belles-lettres*, t. XXI.)

[4] *Decus morum.*

[5] *Litteræ laureatæ.*

[6] Fronton à Marc-Aurèle, tome I, 95

autant de lauriers, autant de triomphes, et de toges peintes. » Les lettres de Trajan sont mieux que cela pour le gouverneur de Pont et de Bythinie, ce sont autant de conseils à bien faire, autant de vérités sérieuses dans un rang où tout est tromperie; parfois aussi ces lettres de l'empereur apportent avec elles des faveurs méritées, par exemple, le privilége de père de trois enfants, accordé à Pline qui n'avait pas eu d'enfants de ses deux femmes. Et pourtant tel était son désir d'être père, qu'*il avait souhaité des enfants sous le plus malheureux de tous les règnes*[1]*!* Dans ces lettres et dans ces réponses vous trouverez, à son plus haut degré, l'heureuse alliance, la glorieuse alliance de ces deux grands arts qui se tiennent de si près : commander aux nations et commander à la parole humaine, imposer ses lois au monde, obéir aux lois du bien dire, ne pas séparer l'exemple du précepte, et si bien faire que l'on puisse, sans crainte pour soi-même, tenir le sceptre, ou la plume de l'histoire[2]. Trajan, Pline, deux hommes qui étaient chacun à sa place, l'un fait pour commander, l'autre pour obéir ; Pline, artiste consommé dans l'art de bien dire, Trajan, homme accompli dans l'art de bien faire de très-grandes choses : deux belles âmes faites pour s'entendre, deux êtres créés l'un pour l'autre, deux amis à tant de distance, celui-ci de celui-là ; mais leurs mains droites étaient unies par la loi d'Épictète, cet esclave qui fait justice de toutes les vanités.

Ces temps heureux *où la bonne conscience enfle le courage des citoyens*, Pline les met à profit pour pousser les honnêtes gens; pour Vaconius Romanus il obtient une place au sénat; il fait accorder à son médecin, Posthumius Marinus, le droit de

[1] *Sæva et infesta virtutibus tempora.*

TACITE.

[2] Un jeune avocat du barreau d'Angoulême, M. Eugène Paignon, publie un livre : *Éloquence et improvisation.* M. Paignon a raconté, avec beaucoup de verve et d'esprit, les efforts de l'éloquence moderne ; mais plus il s'efforce de nous vanter l'excellence de cette improvisation ardente de chaque jour, et plus il nous semble que nous devons regretter la méthode des vieux maîtres d'autrefois.

bourgeoisie romaine; d'Accius Surra il fait un préteur; de Rosianus Géminus il fait son trésorier. Il obtient une province pour Cæcilius Clémens, une cohorte pour Gabius Bassus, une légion à son vieux centenier Nymphidius Lupus; ils avaient fait ensemble leurs premières armes; lui-même il profite de la paix universelle pour réparer, pour embellir le royaume confié à ses soins, car c'est la volonté de Trajan..... c'était l'usage de la Rome républicaine, d'embellir les moindres parties de ce vaste empire, et rien ne coûtait, à ces grands administrateurs, afin de laisser, dans les villes reconnaissantes, des traces mémorables de leur passage. A ces peuples doucement gouvernés, Rome ne demandait que l'obéissance, en revanche elle leur donnait tout le reste : des bains, des aqueducs, des routes superbes, des palais, des arcs de triomphe, des fontaines, des temples, des théâtres, des bois sacrés.

Rome jetait des ponts sur les torrents les plus rebelles; sur les sommets les plus escarpés elle fondait des autels; elle recueillait les enfants, les vieillards, les membres souffrants de la communauté romaine. Dans chaque ville de l'immense département confié à ses soins, Pline faisait sentir sa présence paternelle. Il fait une ville d'un village nommé Chalcédoine[1], il répare Chrysopolis (*Scutari*) sur le Bosphore de Thrace; à Lybina (*Gébiné*), il relève le tombeau d'Annibal; dans Nicomédie, la ville de Nicomède, que l'incendie venait de ravager, il fait rebâtir la maison de ville, et le temple d'Isis; il donne à la ville une place, un aqueduc et un canal *d'une source très-pure;* bien plus, par un travail digne de Rome, il veut réunir le lac de Nicomédie et la mer, qui gronde assez loin de la ville. Il protége les magistrats de Mylea (*Moudonia*), car, par une fiction qui ne fait nul tort à Rome, et qui leur fait grand plaisir, les citoyens de Mylea se gouvernent par leurs propres lois; tour à tour il visite Dascylium, la capitale de la petite Phrygie, Apollonie au pied du mont Olympe, Prusa (*Bursa*), la ville du roi Prusias; il répare les bains de Nicœa (*Nicée*) où naquit, où mourut Hipparque, le grand astronome de la Grèce; à

[1] *Geographie* de Danville.

Nicée il établit un gymnase et un théâtre; il discute les comptes des habitants d'Apamée; il donne un aqueduc aux citoyens de Sinope, il construit à Bithynium (*Bastan*) un aqueduc de cinq lieues de long, des bains à Tium (*Falicos*) une ville grecque, car vous savez qu'il aimait la Grèce, sa mère nourrice. « Soyez » un magistrat, soyez un père pour les Grecs; faites-vous ai- » mer, la crainte s'éloigne avec nous, l'amour reste. Gouverneur » de ces belles provinces, soyez au niveau de votre tâche. Quoi de » plus humain qu'un bon gouvernement, quoi de plus précieux » que la liberté [1]? » Tels étaient ses conseils, telle fut sa conduite, il fut affable avec dignité, juste avec bienveillance; il rappela, de toutes ses forces, la mémoire des anciennes mœurs; pour tout vous dire, Pline a mérité, jusqu'à la fin, cette louange autographe que lui donne l'empereur Trajan — « *Pline, mon cher ami, vous avez rempli tous les devoirs d'un bon citoyen et d'un bon sénateur!* »

Comme histoire de la *centralisation* impériale, ces lettres du proconsul et de l'empereur méritent toute l'attention des hommes politiques; Trajan, ce grand homme, chargé de la tutelle du genre humain, se montre, à chaque instant, le plus bienveillant et le plus habile des administrateurs, et tout à fait digne de réunir, sur sa tête bénie, cette immense accumulation de toutes les dignités romaines. Mais il est temps enfin d'arrêter cette longue étude où nous avons eu le bonheur de rencontrer tant de belles actions, tant de belles âmes, tant d'éloquence et de vertu! En ce moment de son histoire, Rome, notre aïeule bien-aimée, se relève triomphante, glorieuse, honorée, florissante; elle a devant elle encore près d'un beau siècle de ces prospérités incroyables. Et en effet, quelle pareille époque dans l'histoire du monde? quelles années glorieuses et libérales séparent le Panégyrique de Trajan, de l'avénement de Commode! Songez donc à Nerva, à Trajan, à l'empereur Adrien, aux deux Antonins, à toute cette puissance, à toute cette grandeur! Voilà pourquoi nous nous sommes complus, si long-temps, dans ces derniers triomphes de la

[1] Livre VIII, lettre IX.

majesté romaine! Hélas! viendra assez tôt, pour le malheur de l'humanité expirante et déshonorée, le règne des Barbares, quand rien ne restera plus, de la Rome dominatrice, qu'un souvenir ou plutôt une immense insulte de cette force suprême qui n'a pas employé moins de dix siècles à naître, à grandir, à mourir.

Après tant de travaux et de fatigues, trente ans, le terme moyen d'une génération, Pline se rappela enfin ce mot d'un sage : — *Avez-vous su prendre du repos, vous avez mieux fait que de prendre des villes et des empires!* — Il remit à l'empereur ce gouvernement que lui avait délégué sa confiance, et, libre de ce labeur qui l'enfermait comme dans un cercle, il revint à Rome, non pas pour y vivre de cette vie pompeuse, brillante, mémorable, si chère aux personnes consulaires, mais au contraire pour goûter en repos toute sa gloire, pour appartenir tout entier à l'étude, aux beaux-arts, au beau style, à l'éloquence, la passion de sa vie, à l'amitié des honnêtes gens, au respect de la jeune génération, car lui aussi il pouvait dire comme l'empereur Auguste : — *Jeunes gens, écoutez un vieillard que les vieillards ont écouté quand il était jeune!* — S'il était las de Rome, il allait respirer dans sa douce retraite de Côme, *cet air pur qui faisait sa joie;* mais là encore il menait la vie de Rome. L'étude, après avoir été la gloire de sa vie, était devenue l'ornement de sa vieillesse. « J'aurais un pied dans la tombe, disait-il, que je voudrais apprendre encore. » Il se réveillait à sept heures, et, les fenêtres fermées, il s'abandonnait à son premier recueillement; en ce moment il arrangeait, il disposait son travail de la journée ; puis on ouvrait chez lui, son secrétaire venait prendre ses ordres, il dictait jusqu'à dix heures; en même temps il se lève, il s'habille, et comme la vie est à la fois un mouvement du corps et un mouvement de l'âme, il se promène, tantôt sous ses beaux arbres, tantôt dans des galeries bien chauffées ; plus tard il monte en chaise, il aime ce mouvement saccadé, son imagination s'en trouve bien, et c'est peut-être pourquoi il appelle : *diverticula* les sentiers de traverse ; après quoi il dort un instant, il se promène en lisant à haute voix quelque chef-d'œuvre de la langue latine ou de la langue grecque, la reine des langues, exercice excellent qui fortifie la voix et surtout la poitrine; puis la paume, et on le frotte d'huile; puis le bain, et après le bain, le repas, repas mêlé de causerie et de lecture. — Voilà la règle, mais la règle n'est pas inflexible; Pline, chez lui, dépouille souvent la robe des grandes cérémonies; il reçoit ses amis, il cause avec ses plus savants esclaves, et il en a de fort savants; il aime la chasse, le souper ne lui déplaît pas, non plus qu'une chanson chantée par quelque belle comédienne; en un mot, il mène tout à fait la vie de ce sage vieillard Spurinna, qu'il admirait à dix-huit ans. — Homme sage qui met à profit les souvenirs, les amitiés, les exemples de ceux qu'il a aimés, les hommes qu'il a connus, les leçons qu'il a reçues, homme sage, homme heureux! — Chemin faisant, ce sage qui n'avait jamais voulu toucher le juste salaire de ses plaidoiries, et qui avait rempli si honorablement les plus grandes charges, était devenu riche, mais de la plus charmante des fortunes. C'était l'usage à Rome, et dans tout l'empire, de laisser dans son testament quelque témoignage de reconnaissance et de respect pour les hommes qui avaient brillé dans les armes, dans les lettres, au sénat, et rien n'était plus glorieux que cette reconnaissance posthume d'un citoyen qui, du fond de sa tombe honorée, acquittait de sa propre fortune, une part de la dette publique. *Ami honoré d'un legs, legato honoratus*, tel était le titre que prenaient ces sortes de légataires. Pline et Tacite, sous Domitien lui-même, réunirent le plus grand nombre de ces legs littéraires, accordés à ces deux grands soutiens de l'honneur des lettres romaines. « Vous avez pu remarquer, dit Pline à son ami, que dans les testaments où nos deux noms sont inscrits, on ne laisse pas un legs à l'un de nous, sans laisser à l'autre un legs semblable[1]. »

Ainsi même l'abnégation de notre Pline trouva sa récompense; son oncle avait commencé sa fortune, le peuple romain la compléta; Trajan le paya en honneurs, comme un pareil homme voulait être payé. — Pline mourut sept ans avant l'empereur,

[1] Livre VII, lettre XX. Cela s'appelait *se placer parmi les seconds héritiers*. On disait en droit romain : *faire crétion de l'hérédité, hereditas cernatur*.

au moment où l'Évangile naissant venait d'accomplir, dans les catacombes et dans les supplices, le premier siècle de ces divins combats dont la palme était au Capitole, quand le trône de saint Pierre sera dressé sur l'autel renversé de Jupiter Capitolin. Comme Pline avait parlé des chrétiens avec bienveillance, et comme Trajan avait répondu au gouverneur de Bithynie d'assez bonnes paroles, favorables à ces nouveaux stoïciens d'une trempe céleste[1], les premiers chrétiens, honneur insigne qu'ils faisaient surtout à la probité et à la bienveillance de Pline le Jeune, ont voulu placer l'ami de Trajan dans leurs dyptiques; c'est un honneur que Pline mérite, non pas par sa croyance, mais à coup sûr par ses vertus! Cet homme heureux n'avait rien d'un martyre; il eût préféré aux terreurs de l'Évangile, l'ironie de Lucien, ou même la fantaisie d'Apulée; mais Lucien venait de naître, Apulée cherchait ses rêves d'or et de licences, et la vigueur de la loi romaine protégeait encore même les croyances que Rome n'avait plus.—Avant de rencontrer des chrétiens, de vrais chrétiens dans cet empire que le christianisme seul peut sauver, il faut laisser tomber toute cette gloire de Rome dominatrice, il faut que tous ces triomphes s'oublient, il faut que Trajan et les Antonins remontent dans le vieux ciel mythologique, en attendant qu'un pape conciliateur fasse de Trajan, un chrétien, dans le ciel chrétien! Non, non, la croyance du Christ n'est pas faite pour grandir dans ces bruits de l'éloquence et des triomphes, dans ces cris des nations qui espèrent encore, dans cette joie universelle de la terre soumise à Trajan; attendez quelque temps encore que Rome soit arrivée aux dernières li-

[1] La lettre de Pline est touchante : — « Faut-il donc appliquer tous ces chrétiens à la peine, sans distinguer les plus jeunes des plus âgés? Faut-il donc » immoler celui qui se repent? Est-ce le nom seul de chrétien que l'on punit » en eux, et ne sommes-nous attachés qu'à ce nom là? — Comme quelques-uns » des malheureux atteints de cette folie, étaient citoyens romains, je les envoie à » Rome, à ton tribunal! » — « Tu as très-bien fait, répond Trajan; il suffit que » l'accusé nie qu'il soit chrétien, en invoquant les dieux, pour le laisser aller en » paix. Au reste, dans nul genre de crime tu ne dois recevoir de dénonciation » anonyme, car cela est d'un pernicieux exemple et éloigné de nos maximes ! » — « *La folie de la croix !* » dit saint Augustin.

mites de la décadence et qu'elle ait bien compris, à force de misères, que ce n'est pas la fortune qui gouverne le monde, mais la Providence; attendez que l'évêque d'Hippone ait montré la *cité de Dieu,* dans le ciel chrétien, et que le Nord se réveille aux paroles prophétiques de la croyance nouvelle, chargé des lumières et des prospérités du monde nouveau; alors enfin, quand ces monstres couronnés auront brûlé tous les autels des dieux de Rome, pour y placer leur propre image, quand les philosophes, à bout de leur science, auront dit le dernier mot de leur philosophie, éternellement vaincue et dépassée, quand les rhéteurs auront disparu pour ne se montrer, de nouveau, qu'aux derniers jours de Byzance battue en brèche par Mahomet, quand cette loi générale et égale pour tous des nations chrétiennes, aura éclairé les âmes fortes, les esprits généreux, les courages héroïques, une voix se fera entendre aux quatre vents du ciel qui dira, dans le silence du polythéisme écrasé : — *Les dieux sont partis! celui-là seul est dieu, qui s'établit comme le seul maître et sauveur, sur les ruines de ces tyrannies et de ces tyrans!*

www.ingramcontent.com/pod-product-compliance
Ingram Content Group UK Ltd.
Pitfield, Milton Keynes, MK11 3LW, UK
UKHW020919180726
13838UKWH00002B/635